AF389657

LE SECRET DE MISS STICKER

Un récit érotique au pensionnat

Écrit par
Tap-Tap

1

La sévérité de l'institution de Miss Sticker avait une légitime réputation. La bonne éducation, qui y complétait l'instruction, donnait au monde des jeunes filles prudes et vertueuses, telles que le comporte l'excellente renommée de la Grande, la très Grande Angleterre. Aussi les meilleures familles du Royaume-Uni y envoyaient-elles leurs enfants. Jamais rien de *shocking* ne leur avait frappé l'oreille. Savoir observer son maintien, ne pas s'émouvoir des sottises d'autrui, toutes ces jeunesses, sorties de la maison Sticker, s'en faisaient un article de loi. Du commencement à la fin des études, elles s'appliquaient à leurs devoirs, se soumettant aux punitions corporelles auxquelles on les habituait, et conservant une impassibilité absolue sur tout ce qui n'était pas le but à atteindre. Cependant l'arrivée de Reine de Glady apporta une certaine exaltation qui, pour être confinée dans la division où elle se trouvait, ne menaçait pas moins de se propager de proche en proche et de modifier le caractère et le tempérament de ces froides péronnelles. Dans un panier rempli de fruits, si un seul est contaminé, le reste, aussi nombreuses que soient les unités, ne tarde pas à se gâter. En affaire de mœurs, on peut l'affirmer sans crainte, dans le milieu le plus revêche, s'il se glisse un débauché convaincu, peu à peu la morale s'affaiblit, et qui hypocritement, qui franchement, nul n'échappe à l'attirance de la débauche. À plus forte raison, dans une réunion de filles et de fillettes, de nature en général curieuses et gourmandes, si la luxure mord un cœur, bientôt tous les autres le seront, et des plus jeunes aux plus âgées, toutes chercheront à connaître la sensation du frisson.

Reine de Glady était entrée chez Miss Sticker, humiliée et domptée, mais non corrigée dans sa perversion. Le contraste du monde où on l'implanta, imprima à son esprit une force de volonté qu'il n'eût jamais acquise en France, et, réussissant dans ses tentatives de séduction de Mary, puis avec Miss Grégor sa sous-maîtresse, elle y gagna une sûreté d'instinct, qui lui dévoilait les convoitises charnelles, dès qu'elles se manifestaient dans son entourage. Elle tenait ses compagnes de division par le charme de ses vices, il lui restait à déployer ses ailes et à porter le phylloxéra de la lubricité hors de son étude.

Mme Clary, sa maîtresse de classe, l'attendait dans sa chambre pour lui donner une répétition avant le coucher, et dès après le repas du soir. Elle avait escarmouché dans la journée avec sa jeune élève, elle ne doutait pas de la réussite de la petite folie libidineuse qui travaillait ses sens. Quoi, cette Française se livrait à des écarts de conduite avec une grande, avec miss Anna Bodirog, une des moins jolies de l'établissement, mal bâtie et sèche ! Certes, il lui serait bien plus agréable de répondre à ses avances !

Mme Clary, Georgette de son petit nom, ne présentait pas le type d'une beauté professionnelle, mais elle avait les traits réguliers et le gracieux embonpoint des femmes qui franchissent la trentaine ; si elle souriait rarement par nécessité du métier, afin d'imposer le respect et l'attention, ses yeux reflétaient par instants des douceurs et des éclats qui illuminaient son visage, et ses épaules, tombant majestueusement sur un buste très bien dessiné, appelaient les regards les plus distraits sur une taille impeccable dominant de superbes hanches. Veuve depuis près de quatre ans, laissée sans fortune, cousine de Miss Sticker, elle entra dans sa maison et s'y montra une de ses plus dignes lieutenantes. Jusqu'alors, rien ne la prédisposa à admettre le vice dont elle se sentait saisie. Mais le vice revêt de telles couleurs, quand on l'étudie de près, qu'on en est empoisonné avant de s'apercevoir du trouble qu'il a semé dans les idées. Ah ! Elle était bien gentille, cette petite Reine, avec ses diablotins de cheveux qui lui caressaient le front et inspiraient le désir de les unir avec le chat qui se cachait sous ses jupes.

L'être de Mme Clary frémissait en imaginant de quelle façon s'engagerait la chère et délectable cochonnerie ! Seule dans sa chambre, vaste pièce élégante située au premier étage, comme les chambres des autres maîtresses de classe, elle avait installé un fauteuil près de sa table de travail ; elle allait et venait avec un peu de fièvre, guettait le pas de Reine, et enfin elle l'entendit. Ses yeux s'allumèrent de feux pervers, quoi, quoi, cette Française produisait vraiment tant d'effet !

Reine frappa à la porte, et sur l'invitation d'entrer, elle pénétra, ayant sur les lèvres son sourire fripon et vicieux, souhaita le bonsoir à sa maîtresse, et s'assit sans plus rien dire à la chaise qu'elle lui désignait à côté du fauteuil.

— Je suis bien aise, mon enfant, prononça Mme Clary, de vous faire rattraper le temps perdu par votre punition. Je vous le dois bien.

— Je travaillerai de mon mieux, répondit Reine.

La leçon commença sérieusement. Il fallait bien que le prétexte fût bon ! La maîtresse expliquait, la fillette raisonnait. Peu à peu l'intimité s'établissait par quelques observations piquantes échangées de part et d'autre. Reine pensait bien que Mme Clary ne la faisait pas seulement venir pour la perfectionner dans ses études, mais il lui plaisait d'attendre qu'elle attaquât. Ici c'était à la maîtresse de demander et d'encourager ; sitôt qu'elle suspendrait sa leçon, elle jugerait ce qu'il lui conviendrait de comprendre ou de ne pas comprendre. Reine étudiait ses personnages, maintenant qu'elle obtenait les succès voulus et désirés dans le libertinage. Or, Mme Clary souriait, remuait les jambes, affectait certaines libertés d'allures, et ne provoquait pas l'action paillarde.

Un silence succéda à une dissertation de littérature comparée. Une main de Mme Clary se posa sur les genoux de Reine ; celle-ci entrouvrit les jambes, laissant voir qu'elle supposait la possibilité d'une curiosité sexuelle chez sa maîtresse. Georgette Clary eut une hésitation, puis glissa la main sous les jupes.

Instantanément Reine se renversa en arrière et les ramena vers la ceinture. La main de la maîtresse s'enfournait dans le pantalon, soulevait la chemise, errait sur le minet jeunet de l'élève, où elle dénichait le clitoris. Elle branla tout doucement, et Reine soupira :

— Ah ! chère maîtresse, laissez-vous faire ; c'est plutôt à moi de vous caresser ! Voulez-vous, dites ?

Mme Clary se coucha sur son fauteuil, posa une jambe sur chaque bras, et découvrit ses cuisses nues, sans aucun pantalon pour les celer ; elle répondit :

— Viens.

Reine ne se le fit pas répéter ; elle s'engouffra entre les jambes, plaqua la bouche sur le con qu'elle suça, chercha le bouton avec un de ses doigts, et, la langue dans le vagin, elle branla avec tant d'habileté sa maîtresse, que celle-ci sursauta et déchargea, en disant :

— Oh ! le petit monstre, le petit monstre ! Quelle science ! Amour, va, oui, lèche, lèche tout le temps.

À larges coups de langue, suivant sa méthode, Reine absorbait le foutre, puis, imprimant un mouvement aux jambes de Mme Clary, l'obligeait à se retourner pour recommencer sur son cul le frisson de ses caresses. Une nouvelle paire de fesses lui apparaissait, tout aussi blanches et aussi charnues que celles de Miss Grégor, avec quelques poils follets s'égarant dans la fente que, sous l'émotion, elle resserra, au point de lui pincer la bouche et le nez. La fillette ne se troubla pas ; elle rajustait sur le haut du dos les jupes qui s'entêtaient à retomber, dégageait les belles rotondités, les entourait de ses bras, les mangeait de baisers, de suçons, et la main, entre les cuisses, par-dessous, de nouveau branlait le clitoris.

— Démon adoré, démon adoré, disait Mme Clary, s'abandonnant tout à fait.

Elle était la chose de cette fille, marchant à peine sur ses quinze ans, et déjà très férue sur le chapitre volupté. Mme Clary déchargea une seconde fois, roula au bas du fauteuil, étendue sur le dos, les cuisses grandes ouvertes, essayant de coller sur son ventre le corps de Reine, qui comprit son désir par l'expérience acquise avec Miss Grégor, s'allongea par-dessus elle, le minet contre son bouton, pour l'exciter par un lent et pénétrant frottement.

— Elle sait tout, dit Mme Clary en se tordant, viens, viens, que je te lèche les fesses.

En un glissement, Reine grimpa sur son corps et vint s'accroupir sur son visage, pour être lardée de ses coups de langue dans la fente de son cul et sur son conin.

Mme Clary avait joui deux fois, elle jouit une troisième, et sur ses seins, assez volumineux, mis en liberté, elle forçait Reine à s'asseoir et à donner des coups de cul, murmurant :

— Pauvre cher astre, qu'on a si cruellement fustigé, tiens, tiens, à toi, mes nichons, je voudrais qu'ils fussent pleins de lait, et que ce lait servît à te guérir ! Ah ! ah ! assez, ma chérie, assez, on se tuerait, et il ne faut pas s'oublier plus longtemps. L'heure de la leçon est passée, il s'agit maintenant de te retirer, mais demain soir, encore, encore, et on… le fera plus tôt.

L'habitude du règlement était tellement ancrée dans l'esprit des maîtresses et des élèves, que ces simples mots suffirent pour arrêter les ébats, et que toutes les deux se relevèrent sur-le-champ pour se laver, l'une les parties génitales, l'autre le visage et les mains. Puis Mme Clary prenant Reine dans ses bras, la baisa sur le front et dit :

— Que jamais au moins on ne se doute de rien !

— Soyez sans crainte, ma chère maîtresse.

Reine s'était une fois de plus amusée à sa fantaisie, et elle n'avait pas joui. Absorbant le foutre de Mme Clary, elle éprouvait une béatitude et une langueur de tout le corps, qui la poussaient à désirer le plus possible ces contacts. Elle s'en allait, fière et joyeuse. Miss Grégor, Mme Clary, deux femmes de valeur et de nature différentes, la proclamaient leur incomparable déesse de bonheur, elle encore une mioche. Et elle ne dédaignait pas pour cela ses petites compagnes ! Elle glanait toujours sous leurs jupons des impressions délicieuses, à la contemplation de ces féminités qui se formaient, à ces vertiges qu'elle leur communiquait et qui se trahissaient par des tremblements dans les cuisses, des contorsions dans les fesses. À son idée, elle considérait toutes ces jeunes miss comme un champ d'expériences où elle apprenait à procurer le frisson d'amour, tout en se satisfaisant dans ses goûts de sensualité perverse et raffinée. La pensée d'Alexandra qui marchait sur ses brisées la froissa alors pour la première fois. Elle avait couru après ses caresses, elle les avait obtenues, elle l'avait relancée dans sa chambre, elle s'était abandonnée à son pelotage, à son suçage, et, tandis qu'elle subissait la punition du chevalet, sans la dénoncer, elle lui soufflait une de celles sur qui elle produisait le plus d'effet, la brune Eva. Qui sait si elle ne s'attaquerait pas aussi aux maîtresses. Cette idée jeta une ombre sur sa joie. Est ce que vraiment Alexandra pourrait devenir une rivale ? Elle accumulait ainsi réflexions sur réflexions, en regagnant sa chambre, se demandant aussi si elle se rendrait chez Miss Grégor, qu'elle s'étonnait de ne pas rencontrer sur son chemin. Il importait d'abord de se dévêtir, afin d'éviter toute complication ultérieure. En arrivant devant sa chambre, par sa porte ouverte, elle vit, avec une surprise mêlée d'effroi, Miss Sticker assise au bord de son lit.

— Vous revenez de votre leçon ? demanda la directrice.

— Oui, Miss Sticker.

— C'est bien, fermez votre porte.

Reine tremblait quelque peu. Avait-elle encore commis quelque imprudence ? Elle ne se souvenait de rien.

— Déshabillez-vous, reprit la directrice.

— Oui, Miss Sticker. Je vous jure que je ne suis fautive en rien.

— J'aime à le croire. Passez-moi votre robe.

— La voilà, miss.

La directrice fouilla les poches, n'en sortit que le porte-monnaie et une lettre de Mme de Glady.

— Bien, bien ; vous êtes en chemise. Déchaussez-vous pour vous coucher.

— Oui, miss.

— Faites votre toilette, selon votre habitude, que je juge si vous ne vous négligez en rien.

— Oui, miss.

Reine exécuta ses soins de corps en conscience, et quand elle eut terminé, Miss Sticker, l'appelant près d'elle, lui dit :

— Agenouillez-vous là.

— Mais je n'ai rien fait.

— Je le pense bien ; je serai cependant fixée suivant la façon dont vous obéirez. Là, vous vous décidez. Posez la tête sur votre lit. C'est cela. Relevez la chemise sur vos épaules.

— Miss, ne me faites pas mal, je vous en supplie, j'obéis.

Reine agenouillée, la tête appuyée sur son lit, la chemise retroussée bien au-delà des reins, présentait les fesses en relief, prêtes à recevoir la fouettée par la main, le martinet, le fouet, les verges. Miss Sticker s'était redressée, et, debout derrière, la considérait avec une attention toute particulière. Soudain elle se laissa choir, à cheval sur les jambes de la fillette, le ventre contre son cul, comme le soir où elles luttèrent pour la fameuse lettre. Reine ne remuait pas. Devinait-elle que quelque chose d'extraordinaire s'accomplissait en la terrible directrice ? Elle sentait le ventre qui appuyait, appuyait contre ses fesses, comme s'il essayait de s'y tailler une place, de s'y incruster, et elle sentait encore la grosse pointe du corset qui se garait, se prélassait dans sa fente. Quel fluide mystérieux la pénétrait et la maintenait immobile, émue comme jamais elle ne le fut, sous le poids du corps de Miss Sticker, qui se couchait pardessus ses reins, pour pousser, pousser le ventre dans ses fesses. Et comme la fois précédente, elle répondait par des coups de cul, se dodelinant sur les hanches. Un charme voluptueux, jusqu'alors inconnu, l'envahissait. Elle se rapetissait, rapetissait, sous la bizarre étreinte de la directrice, comme s'il eût aspiré à se fondre sous sa pression. Un trouble délicieux anéantissait peu à peu ses facultés de discernement. La grosse pointe de corset ne quittait pas ses fesses, et à travers la jupe de Miss Sticker, se frottait, se frottait, jetant dans tout son être des flots de chaleur, sous lesquels elle perdait la notion d'elle-même. Devenait-elle folle, ou rêvait-elle ? Miss Sticker lui glissait une main entre les cuisses, lui dénichait son clitoris, et, à cet attouchement inattendu, renforcé d'une secousse plus accentuée du ventre, tout à coup, elle, elle déchargeait sur les doigts de la directrice, en murmurant :

— Oh ! que c'est bon, que c'est bon, je me meurs !

Tout le poids de Miss Sticker s'affaissait sur elle ; des battements inexplicables agitaient ses membres. Elle sentit son haleine près de sa joue, elle tourna la tête, phénomène miraculeux, la bouche de Miss Sticker répondait à la caresse qu'elle envoyait avec la langue ; dans sa stupeur, elle dit encore :

— Miss, voulez-vous que je vous fasse jouir, vous en avez envie !

— Chut ! murmura Miss Sticker, donnez-moi votre langue.

Le pigeonnage s'engagea, fiévreux, ardent de part et d'autre ; qui vaincrait de la femme ou de la fillette dans cet étrange duo ? Sous les caresses non marchandées de la directrice, Reine déchargea deux fois, toujours recouverte, mais ne sentant plus, ou presque plus, la grosse pointe du corset.

Miss Sticker se releva et s'assit de nouveau sur le lit ; elle prit Reine sur ses genoux et la main sur ses cuisses mouillées, lui dit :

— Vous aimez donc bien ça, ma mignonne ?

— Oh ! oui, et ce n'est pas ma faute ! Dites, vous ne me ferez pas corriger, si je suis ainsi… inondée ! Ah ! ce que j'ai éprouvé ! Vous avez été coupable aussi ! Vous ne m'enverrez pas au chevalet, dites ; je suis prête à tout pour que vous jouissiez, vous verrez comme c'est bon et vous me pardonnerez.

— Donnez votre petite langue, amour.

— La voilà ! Ah ! la vôtre dans ma bouche, ça me met le feu partout.

— Pensez-vous que je puisse être… votre amie ?

— Oh ! oui, et je vous aimerai bien ! Il y a quelque chose en vous qui me surprend !

— Vraiment ! Nous en recauserons plus tard. Eh bien, si vous pensez que je puis être votre amie, traitez-moi en conséquence, et ne me jugez pas assez niaise pour avoir accepté la fable de la complicité de miss Anna. Avouez-moi votre véritable complice. Oh ! celle-là, je lui en veux parce que j'ai une sincère affection pour vous, et qu'elle vous a laissé subir toute la correction. Dites moi son nom, et je croirai que vous êtes ma petite amie, et j'aurai toutes sortes d'indulgences à votre égard.

Miss Sticker l'enveloppait de ses bras, lui baisotait les nénés naissants, la branlotait, la pigeonnait, et il se dégageait une telle séduction de ses caresses si inopinées, que Reine, les lèvres sur les siennes, répondit :

— Ma complice, c'est Alexandra. Faites la fouetter durement, mais pas devant toutes les élèves, rien que devant ma division.

— Alexandra Corsiger !

— Oui, une vicieuse pire que je ne le suis !

— Ne vous jugez pas sévèrement, ma chérie ! Les circonstances vous ont créée.

— Oh ! vous ne me condamnez pas ! Laissez-moi vous faire jouir, dites, dites !

— Laissons ça. C'est donc cette grande dinde !

— Elle-même.

— Les yeux de Miss Sticker s'injectèrent de mauvaises lueurs, Reine s'effraya, et murmura :

— Aurais-je commis une sottise ?

— Non, non, mais je veux que vous me racontiez ce qui s'est passé entre vous.

— Vous vous en doutez bien.

— Sa lettre, je me le rappelle maintenant, sollicitait…

— J'ai accepté, Miss Sticker, je l'ai fait jouir en la suçant par devant… et par derrière. Je vous le ferai bien, si vous voulez.

— Non, et n'ayez plus peur de moi. Donnez-moi votre chère petite langue dans la bouche.

— De tout mon cour, comme la vôtre dans la mienne ! Je vous dirai tout, tout !

— Alexandra sera durement fouettée, ainsi qu'elle le mérite et comme vous le désirez. Êtes-vous satisfaite, et voulez-vous que je condamne à la correction quelque autre de vos compagnes ?

Reine tressaillit dans sa petite vanité ; elle disposait d'un droit de punir ; elle n'hésita pas, et répondit :

— Oui, Miss Sticker, il faut aussi faire fouetter miss Eva.

— Pourquoi, ma chère mignonne ?

— Parce qu'elle s'amuse aussi avec Alexandra.

— Que me dites-vous là ?

— La vérité.

— Comment cela peut il se produire ?

— Oh, ce n'est pas difficile ! Envoyez chercher miss Grégor pendant l'étude ; on restera seules ; venez, et ça m'étonnerait bien si vous ne la surpreniez pas en faute.

— Et vous, me promettez-vous d'être sage ?

— Pourquoi ne le serais je pas, si vous êtes bonne, bonne pour moi ?

— Vous n'aurez plus peur… si je vous visite quelquefois… le soir ?

— Vous verrez bien que non, surtout si vous me caressez ainsi.

Elle coquettait maintenant, et reprenait confiance, examinant avec plus d'attention la terrible Miss Sticker, lui découvrant des séductions bizarres, différentes de celles de Miss Grégor et de Mme Clary, qu'elle ne pouvait s'expliquer, car elle était loin d'être belle, mais elle possédait un certain don magnétique qui la subjuguait et la pénétrait comme personne ne l'avait fait, se sentant toute heureuse sur ses genoux, dans ses bras, avec des désirs imprécis d'une vague et mystérieuse aspiration, à mesure que ses caresses répondaient aux siennes.

— Ma petite, reprit Miss Sticker en la remettant sur ses pieds, demain soir, si j'ai pris en faute Alexandra et Eva, vous assisterez avec votre division à leur correction ; je vais vous laisser dormir. Présentez-moi votre joli derrière que je lui donne une caresse, pour la bonne réplique qu'il accordait à mon ventre. D'ici quelque temps, je compte vous procurer une grande, grande surprise.

Sans fausse pudeur, Reine abandonna ses fesses à

Miss Sticker qui, agenouillée, les brûla de quelques chaudes feuilles de roses. Ces dévotions la troublèrent plus encore qu'elle ne l'imaginait ; elles trahissaient un piment particulier, difficile à définir. Elle continuait certes à garder dans son ciel érotique l'image de Miss Grégor qui parfois lui rendait suçons et léchées ; la langue de la directrice l'émouvait dans son sexe. C'était étrange.

Après une ardente distribution de baisers, Miss Sticker l'obligea à se coucher.

— Bonsoir, ma gentille amie, lui dit elle.

— Bonsoir, vous que j'aime bien, répondit Reine.

Miss Sticker se retira doucement.

Restée seule, Reine accoudée sur son oreiller se prit à rêver, murmurant :

— Qu'est ce que ça veut dire ? J'aime beaucoup miss Grégor, j'aime beaucoup de faire jouir les autres, mais ce n'est pas la même chose. Est ce parce qu'elle est la grande maîtresse ? Tout m'a chavirée quand elle était sur moi, et c'est bien drôle, cette grosse boule de corset qui descend sur son ventre. Probablement pour qu'on ne lui fasse pas. Oh ! moi, au fond, je préfère qu'elle me caresse !

Un bâillement erra sur ses lèvres ; elle s'allongea, et dit encore, en s'endormant :

— Quand reviendra-t-elle ?

2

Les plans les mieux combinés sont souvent ceux qui réussissent le moins bien. La charmante petite Reine se proposait de faire pincer ses deux compagnes Eva et Alexandra, en détournant la vigilance de Lisbeth ; les circonstances ne favorisèrent pas son subit accès de méchanceté.

Sitôt ses élèves installées à leurs pupitres, Miss Grégor debout près de la porte, de façon à empêcher toute oreille indiscrète de saisir son discours, leur dit :

« Miss, cette division se trouve en état de suspicion. Depuis hier je remarque qu'une surveillance toute particulière s'exerce autour de nous. Le danger qui menace plane aussi bien sur ma tête que sur la vôtre. Je vous recommande donc la plus scrupuleuse tranquillité, la plus parfaite tenue, surtout si on m'éloigne de l'étude pour une cause ou l'autre. Soyez-en certaines, si vous vous livrez à ce moment-là à la plus légère incartade, il y aura des yeux pour voir, et ces yeux assisteront ensuite à votre châtiment. Vous devez comprendre ce que je veux dire. Sagesse et méfiance, saisissez-moi bien, Eva, Alexandra, et vous aussi, Reine. Au travail. Quand l'orage s'éloignera, je serai la première à donner le signal de la fête. »

Dans cet assemblée de fillettes, ce fut miracle que pas un vivat ne s'élevât. Le silence régnait, chacune s'appliquait à ses devoirs.

L'imminence de la classe, la somnolence non encore bien dissipée depuis le lever, empêchaient les élèves de penser aux distractions. L'après-midi seulement, en approchant du goûter, les esprits s'ouvraient aux folichonneries. Miss Sticker l'avait bien pensé, et ce fut ce moment qu'elle choisit pour attirer Miss Grégor hors de son étude.

Guettant son départ derrière une porte, elle était prête à survenir comme une bombe au milieu de la division. Mais le speech de la sous-maîtresse avait porté. Aucune élève ne bronchait. Reine dépitée vit entrer la directrice, sans que rien ne clochât dans l'attitude d'Alexandra, d'Eva, ou de toute autre.

Troublée à la pensée de s'être trop avancée, elle demeura la tête plongée sur ses cahiers, se sentant peu à peu envahir par une peur atroce. Si Miss Sticker allait la traiter de menteuse et la condamner à la correction sollicitée pour ses compagnes ?

La directrice, en silence, passait devant chaque rangée de pupitres, étudiait la tenue des élèves, ne s'arrêtant devant aucune ; l'aspect aussi sévère, aussi rigide que dans le passé, revenue devant la porte, elle commanda de se lever et de rester debout, tandis qu'elle circulerait de nouveau dans les rangs.

Elle s'arrêta devant deux élèves, qu'elle examina plus minutieusement, depuis la coiffure jusqu'à la robe, aux bottines, et Alexandra se trouvant une des deux, elle lui dit :

« Vous aussi, miss, vous avez adopté un genre spécial de coiffure ; vous avez sans doute voulu faire opposition aux frisons de miss Reine, vous représentez bien ainsi une madone, et je vous adresse mes compliments. Je pense que les qualités de l'âme sont à la hauteur de l'image. Vous ne devez nourrir que de pieuses idées et de sages desseins. Allons, c'est très bien. Vous grandissez beaucoup, ma chère enfant, il faudra diminuer le raccourcissement de vos jupes. Dites-moi, n'étiez-vous pas la voisine de miss Reine, il y a quelques jours ? »

— En effet, Miss Sticker, j'ai changé pendant son absence.

— Très bien, très bien, voyons votre cahier.

— Voilà, Miss.

La directrice s'assit au bureau d'Alexandra ; toutes les élèves restaient debout sous le poids de l'inquiétude. Elle lut quelques lignes du devoir, se tourna brusquement, et reprit :

— On dirait que vous avez peur !

— Je crains toujours de vous mécontenter, vous et mes maîtresses.

— Ce sentiment vous honore. Miss Reine, venez par ici. Placez-vous à côté de Miss Alexandra. Tiens, tiens, auriez-vous peur, vous aussi ?

— Oh non, Miss Sticker, pourquoi aurais-je peur ?

— Vous êtes de même taille ; mettez-vous l'une en face de l'autre, et regardez-vous.

Elles obéirent ; Reine regarda dans les yeux d'Alexandra, mais les yeux de celle-ci papillonnaient et ne fixaient pas.

— Pourquoi ne regardez-vous pas miss Reine ? interrogea Miss Sticker.

— Je la regarde.

— Je veux que vous la fixiez dans les yeux, vous m'entendez.

— Mais…

— C'est bon, ça suffit. Cela n'est pas dans votre caractère, je le regrette. Approchez, Reine. Pourquoi miss Alexandra a-t-elle quitté la place voisine de la vôtre ?

— Je l'ignore ; cela n'a pas d'importance.

— Vous le supposez, et ce n'est pas mon avis. Alexandra a quitté votre voisinage parce qu'elle était jalouse de votre genre de coiffure, de votre travail, et qu'elle se réjouissait de votre punition.

— Oh ! Miss Sticker ! s'écria Alexandra.

— Je n'aime pas ces arrière-pensées. Je vous préviens, miss, que si on a inauguré dans la maison un système plus large d'éducation, je conserverai l'œil sur cette division et me montrerai implacable pour celle que je surprendrai en faute. Je consens bien à pactiser avec les licences du jour, j'exige qu'elles préservent vos jeunes esprits des tentations bêtes. Vous me comprendrez en réfléchissant. Retournez à votre place Reine. J'ai des présomptions sur le mal qui règne ici, vous avez été châtiée, d'autres le seront.

En ce moment, Miss Grégor rentra dans l'étude, et vit avec surprise ses élèves debout, Miss Sticker assise au pupitre d'Alexandra.

— Miss Grégor, dit la directrice en se dressant, je sais bien des choses, retenez-le bien, rien ne m'échappe de ce qu'il me plaît de connaître, je vous engage à ne pas oublier que vous avez la charge morale du monde que je vous confie. Ceci est un premier avertissement.

Miss Grégor changea de couleur, et répondit :

— J'agis pour le mieux, Miss Sticker, et je ne pense pas mériter des reproches.

— Il y a commencement à tout. Vous êtes avisée.

Miss Sticker partit, irritée au fond d'avoir manqué l'occasion que Reine lui signalait comme si sûre, et aussi de ne pas avoir osé sévir contre Alexandra, dont l'embarras manifesté accusait le mauvais cas.

Une peur subite suspendit sa sévérité, celle de démasquer sans le vouloir la dénonciation de Reine, et elle s'en prit à Miss Grégor. Aussi, dès qu'on eut entendu son pas s'éloigner, la sous-maîtresse dit à demi-voix :

— Vous le voyez, mes chères petites, le danger est sur vous et sur moi. Observez-vous.

Reine avait bien compris que la directrice visait à embarrasser Alexandra, pour parvenir à prendre une revanche. Elle la seconda de tout son pouvoir. Réinstallée à sa place, elle parut s'absorber dans ses devoirs et se dégager de ce qui se passait tout autour. Miss Grégor vint s'asseoir à son côté, et lui dit, mais de façon à être entendue :

— Travaillez avec ardeur et persévérance, Reine, et oubliez pour quelque temps ce que vous savez, on ne vous épargnerait pas.

Ces paroles retentirent dans son cœur, elle devina que leurs relations se trouvaient compromises, elle posa son porte-plume, et murmura :

— Oh ! miss, miss !

Elles échangèrent un long regard, et Miss Grégor se sauva

à sa table-bureau, pour ne pas être tentée de donner le fâcheux exemple.

La sagesse, la sagesse ! Allait-elle la semer ? Reine se le demandait, et souriait en pensant à Miss Sticker, à Mme Clary ! Elle avait là de l'aliment pour ses besoins de luxure. Malheureusement, le soir, lorsqu'elle se disposait à se rendre à sa répétition, Mme Clary l'arrêta à la porte du réfectoire, et l'attirant dans un coin, lui dit :

— Ma petite chérie, renvoyons à cinq jours les leçons supplémentaires. La date que je te fixe t'en explique la raison.

— Vous avez vos affaires ?

— Veux-tu bien vite te taire ! Si on t'entendait ! Bonsoir.

Reine se coucha, espérant la venue de Miss Sticker ; elle en fut pour son attente.

Des jours s'écoulèrent, une surveillance implacable pesait sur la maison, rendant impossible non seulement les folies entre élèves, mais aussi les écarts avec les maîtresses.

Les leçons supplémentaires de Mme Clary, par ordre de Miss Sticker, se donnèrent dans une salle de travail et à plusieurs fillettes à la fois.

À son tour, Reine eut ses époques ; un voile sembla s'étendre sur cette fougue qui la fit débaucher à droite et à gauche. Ses sens s'assoupissaient-ils, ou bien l'idée lancinante de la visite de Miss Sticker la hantait-elle ? Miss Grégor effrayée ne lui proposait plus rien.

Un jour, dans une récréation, le vent lui ayant emporté

une cravate à travers les allées du jardin, elle s'élança après pour la rattraper. Soudain elle s'arrêta ; derrière un bosquet, à quelques pas, elle apercevait un étrange mouvement de jupes. Elle se glissa sans bruit sous un buisson qui bordait le bosquet, et reconnut une grande assise sur une table rustique, toute retroussée, avec Alexandra, la tête entre ses cuisses, lui faisant minettes.

Elle ressentit l'effet d'une secousse électrique. Quoi, tandis quelle se privait de ses plaisirs, cette compagne, qui lui devait sa science du bien et du mal, se faufilait, et s'adressait aux grandes ! Elle ne pouvait douter. L'entente se révélait, et déjà ancienne.

La grande écartait les cuisses, se couchait sur les reins, pesait des mains sur la tête d'Alexandra, et murmurait :

— Encore un petit peu, je sens que ça vient, précipite, précipite.

Alexandra, retenue par force, embrassait, léchait, mais répondait :

— Tu es trop longue, j'ai promis à Gio et à Ellen, elles attendent leur tour.

Leur tour ! Reine prit ses précautions pour bien se dissimuler. La grande, enragée, frottait avec violence la tête d'Alexandra contre son ventre et sur son clitoris, s'en branlait ; elle sursauta et dit :

— Ah, ah, ah, ça y est, petite cochonne, ce n'est pas ta faute, tu te marchandes trop, et tu veux trop en voir, ah, ah, ta langue, ta langue, ça va venir, je jouis, ah la la !

Elle serra des cuisses dans deux ou trois battements, se souleva, essuya son conin au visage d'Alexandra, et descendit de la table. C'était une très jolie fille ; elle se rajusta et se retira, tandis que sa suceuse réparait sa coiffure, légèrement dérangée dans les exercices auxquels elle venait de se livrer.

Une autre grande, une blonde assez forte, et effrontée, aux yeux hardis, accourrait et grimpait sur le table, relevant ses jupes, ouvrant son pantalon, présentant son conin, garni d'un minet très fourni, une blonde châtain qui dit :

— Vite, vite, vas-y, Gio ne passera qu'après.

— Tu es toujours pressée, Ellen, et ton chat est le plus beau.

— Lèche, lèche, ne parle pas.

Un entrecuisse de toute beauté s'étalait sous les yeux d'Alexandra, et aussi de Reine tapie dans son buisson. Alexandra recommença ses minettes, Ellen la souffleta de ses cuisses, jetées autour de son cou, et commanda :

— Chatouille-moi le petit trou du derrière avec ton doigt, cela marchera plus vite.

Alexandra obéit, et la décharge en effet se produisit instantanément ; puis, comme l'autre, Ellen sauta à bas de la table, et en se sauvant dit :

— À une autre fois, petite cochonne.

Une blonde dorée, fine, élancée, aux yeux de pervenche, apparut, toute souriante, échela sur la table, et, suivant le programme, se troussa, ouvrit son pantalon, tendit son conin.

— Branle-moi d'abord, demanda-t-elle.

— Oh ! oui, Gio, répondit Alexandra.

— Doucement, doucement, je suis venue la dernière pour que tu me serves bien.

— Oui, oui, je lécherai aussi ton derrière.

— Tiens, oui, tout de suite, tu me branleras en même temps par-dessous.

Gio se tourna sur les genoux ; Alexandra lui repoussa les jupes sur le dos, lui exhiba le cul hors du pantalon, nouvel astre bien blanc et appétissant, lui darda la langue dans la fente, et, les doigts écartant les cuisses, saisit le clitoris, en murmurant :

— Ma Gio chérie, tu sais bien que tu es ma préférée, ne jouis pas trop vite.

— Si, si, je veux jouir vite, je ne veux pas qu'on nous surprenne.

— N'es-tu pas venue la dernière pour que je te serve bien ?

— Parle moins, cochonne, et travaille davantage de la langue et du doigt.

Reine ne vivait plus dans sa cachette ; tous ses instincts de luxure se ravivaient, et elle prenait en grippe Alexandra. Quoi, elle se faisait la gougnotte de toutes ces jolies miss, auxquelles elle n'osait pas s'adresser ! Oh, elle ne resterait pas inactive, elle les lui disputerait ! Il lui fallait connaître tous ces dessous de jupes, il fallait qu'elle aspirât ces conins, qu'elle se délectât de ces fesses un peu plus accentuées que chez ses compagnes ; Miss Grégor, Mme Clary ne lui suffisaient plus : le succès d'Alexandra l'horripilait, depuis trop longtemps on l'oubliait, on l'abandonnait, et elle-même devenait trop indifférente ! Et d'abord, elle parlerait à Miss Grégor.

Elle réfléchissait encore que Gio et Alexandra étaient déjà reparties. Elle entendit la cloche qui rappelait pour l'étude. Elle s'élança pour rejoindre ses compagnes, et aperçut Miss Grégor inquiète qui la cherchait des yeux.

— Où étiez-vous ? demanda-t-elle.

— Je courais après ma cravate que le vent avait emportée, et je me suis laissée tomber.

— En effet, vous êtes couverte de poussière.

— Je vous prierai de m'accorder l'autorisation d'aller me nettoyer dans ma chambre.

— Allez-y, et revenez vite.

— À moins que vous ne vouliez venir me retrouver, murmura Reine.

Miss Grégor ne put s'empêcher de tressaillir, et répondit tout bas.

— Quelle imprudence !

— On est trop prudent pour quelques-unes qui ne le sont pas du tout.

— Que dites-vous là, Reine ?

— Je vous parlerai dans ma chambre, si vous venez.

La tentation était trop forte ! A peine Reine mettait-elle les pieds dans sa chambre, que Miss Grégor y pénétrait sur ses talons.

— Ah ! enfin, s'écria la fillette, donne vite tes trésors, que je te fasse jouir, on parlera après.

— Nous n'aurons pas le temps.

Reine, déjà accroupie devant Miss Grégor, glissait la tête sous ses jupes, dans son pantalon, découvrait les cuisses, le con, envoyait des coups de langue enragés, avalait le clitoris entre ses lèvres, et une infinie jouissance la gagnait, où tout son être s'exaltait, où il lui semblait atteindre la béatitude céleste dans l'extase qui engourdissait ses membres. Oh ! non, jamais elle ne renoncerait à de pareilles félicités. *Par le Fouet et par les Verges*, elle était prête à tout supporter pour infiltrer son vice à tout ce qui vivait entre les murs de l'institution de miss Sticker.

— Ça y est, ça y est, murmura Miss Grégor sous la fougue des caresses qui poursuivaient ses parties sexuelles, oh, oh, tu es l'ange adoré, tu es toujours la plus chérie !

— Quand pourrons-nous tout, tout recommencer ? répondit Reine.

— Ah, assez, ah, ah, mignonne, sois raisonnable, il nous faut retourner à l'étude.

— Oui, oui, sauve-toi, chère maîtresse, je ne serai pas longue, et je te parlerai là-bas.

La disparition de Miss Grégor et de Reine provoqua subitement les instincts pervers dans l'étude livrée à elle-même.

— Le danger n'existe donc plus, remarqua Eva ; miss Grégor est allée avec Reine ! Veux-tu que nous recommencions, Alexandra ?— Non, répondit sèchement celle-ci, j'ai trop peur.

— Fi de cette cochonne, qui fait sa chipie !

— Je ne la fais pas du tout, mais le danger n'a pas disparu ! Croyez-moi, travaillez ; Miss Sticker peut survenir, et elle m'en veut à moi particulièrement.

— Ne sois pas sotte, Alexandra, regarde, mon minet a fleuri depuis la dernière fois.

— Tu m'ennuies, Eva.

— Laisse-la donc tranquille, intervint May, on peut vous surprendre, et ce ne sera pas amusant pour nous toutes.

— Ah ! si Reine était là, elle n'hésiterait pas.

— Oui, mais elle est avec Miss Grégor, qui a un chat encore plus fourni que le tien.

— Tu ne sais pas ce que tu dis, May, viens voir le mien.

— Moi je ne marche pas au jeu.

— Tu préfères que Reine te lèche le cul ! Alexandra te le lécherait bien.

— Mêle toi de tes affaires, riposta Alexandra.

— Allons, ma petite May, répartit Eva sans s'arrêter à l'apostrophe d'Alexandra, veux-tu que je vienne te montrer mon minet ?

— Reste donc à ta place.

— Je me fiche de la punition ! Tu le reluquais de l'œil lorsque je le présentais à la langue de Reine.

— Veux-tu te taire, s'impatienta May.

Eva s'était approchée d'elle, les jupes retroussées, étalait son chat sous ses yeux, en disant :

— Vois, j'ai les poils noirs, je t'assure qu'ils sont fins comme de la soie, touche, pour t'en rendre compte.

— Non, je ne veux pas.

— Écoute, fais un bécot dessus, et je te le rendrai à ton derrière ! Tu sais que tu aimes bien ça.

— Eva, tu es insupportable !

May regardait cependant avec attention les poils de son

amie ; elle les regardait même avec un certain plaisir ; Eva tendit le ventre en avant dans un mouvement ravissant de polissonnerie, May ne résista plus, envoya la main, palpa, et dit :

— Un bécot, soit, puis tu t'en iras, je te tiens quitte pour mon derrière. J'aurais trop peur.

Elle se pencha et baisa le minet. Eva voulut lui retenir le visage sur le conin, elle la repoussa, se dégagea, et toute rouge, s'écria :

— Non, non, moi, je ne suis pas pour faire ces caresses.

— Zut ! répliqua Eva regagnant sa place.

Elle s'était à peine installée que Miss Grégor rentrait, et disait :

— Il y a moins de danger ; observez néanmoins encore de la prudence.

— Je pensais bien qu'on pouvait ne pas se gêner, murmura Eva.

Peu après, Reine revint, et May lui jeta un coup d'œil en dessous, qui la fit se baisser et lui souffler :

— Oui, je te le lécherai bientôt, ton joli petit cul !

Miss Grégor exultait ; elle avait retrouvé sa petite gougnotte ; dans sa fièvre, elle allait et venait par l'étude ; un moment où elle sortit sur le vestibule, Eva se retourna et dit à Reine :

— Tu me le feras, dis, Alexandra ne veut plus.

— Alors, je suis un pis-aller !

— Oh ! non, tu sais bien qu'il n'y a que toi de vraiment amoureuse.

— On verra ! Je n'aime pas qu'on me lâche.

— Tu ne pensais pas ainsi l'autre fois.

— J'ai changé d'avis.

Miss Grégor reparut ; personne ne parut avoir bronché, et la journée se passa sans plus d'incidents. La sous-maîtresse et sa gougnotte, comprenant le danger de courir d'une chambre à l'autre, s'étaient mises d'accord pour ne pas encore se visiter la nuit.

Dans son cour, Reine jalousait Alexandra de ses succès auprès des grandes, déjà puissant pour la satisfaction de ses passions, étudiait de quelle manière elle arriverait à la supplanter.

L'air de Madone qu'elle adoptait, et qu'elle outrait maintenant sous une profonde hypocrisie, exerçait son charme sur ces natures nébuleuses qui s'y viciaient l'imagination. Reine savait de son côté que son genre tout opposé réussissait tout aussi bien dès qu'elle voulait s'en donner la peine ; elle n'avait donc qu'à reprendre ses allures franches de perversité pour attirer les désirs, elle résolut de marcher de nouveau de l'avant, malgré le fouet et les verges, et, ayant rencontré Ellen dans un couloir, elle n'hésita pas à attaquer. Un coup d'œil, un sourire, et la proposition :

— Je te ferai minettes, quand tu voudras.

— Toi, Reine !... On te prétendait sage comme une sainte.— Comme une sainte qui cache son jeu ; moi mon air dit que je ne demande pas mieux que de faire de la cochonnerie partout et avec toutes !

— Certes que je te demande tes minettes. Ta gentille frimousse vous chatouille déjà rien que par les yeux. Pendant la récréation, faufile-toi dans la salle d'études, il n'y a que là que nous serons tranquilles.

— J'y serai, mais à une condition, tu ne te le feras plus faire par Alexandra.

— Elle t'a raconté qu'elle me suçait !

— Je sais tout ce qu'elle fait.

— Oh ! la saloperie ! Je préviendrai les autres, on lui fichera une fessée, et tu nous bicheras toutes.

Déjà elle triomphait ! On l'eût décorée pour une belle action qu'elle n'aurait pas été plus fière ! A ces quelques mots, elle devinait que ses cochonneries avaient transpiré, qu'on l'appréciait, et qu'elle réussirait avec les grandes comme avec ses compagnes.

Elle ne rencontra aucune difficulté à s'introduire dans la salle d'études, lieu de son rendez-vous. Ellen l'y attendait.

— Que tu es adorable, petite, de demander à me le faire, dit-elle tout de suite. Tiens, vois, j'ai quitté mon pantalon, pour mieux sentir ta figure sur mes cuisses. Oh ce petit air de démon tentateur que tu as ! Tu as bien raison de faire comprendre qu'on peut te rechercher ! Puis tu es plus belle, plus entrante qu'Alexandra. Dis, comment me trouves-tu ?

— Oh ! tu as des cuisses magnifiques, et aussi un cul de toute beauté, que je te lécherai avec amour ! Tu vas voir comme j'aime la cochonnerie.

— Laisse-moi m'asseoir que je te juge mieux à l'ouvre.

— Non, debout pour commencer. Je tiens à bien te voir, ça m'excite, parce qu'en te voyant, j'aime de toucher, de sentir et de lancer ma langue dans toutes les directions.

— Oh ! la délicieuse friponne, tu n'es pas comme Alexandra qui fourre ses coups de langue on ne sait pas pourquoi ! Oh, la, la, que tu es habile, déjà tout me tremble !

Reine, à deux genoux, entre les cuisses d'Ellen, tenant ses jupes bien retroussées, lui plaquait les mains sur les fesses, en chatouillait la fente de ses doigts, attirant lentement le clitoris sur ses lèvres, envoyant la langue au colin. Ellen se tortillait, bombait le ventre pour favoriser les minettes, développait le cul pour répondre au pelotage, se débraillait de plus en plus pour retenir Reine dans ses parties sexuelles.

— Là, là, dit celle-ci, tu commences à mouiller, donne ton cul.

— Ce que tu nous rends folles, en appelant les choses par leur nom !

— Oh ! quel cul de délices ! Qu'il épais et gros ! Tu es aussi forte qu'une femme !

— En as-tu vu ?

— Oui, et j'en ai aimé.

— Oh ! la jolie coquine ! Ici ? Oh ! je parie que c'est Clary ou Grégor !

— Ne remue pas. Laisse bien courir ma langue.

Là, là, elle te tapote le petit trou, quoi qu'il soit bien profond ; arrondis les reins que j'admire encore ta pleine lune. Ah ! nous allons revenir au devant.

Les caresses sérieuses se multiplièrent ! Reine s'y livrait de toute son âme. Un autre divin instrument vibrait sous ses suçons, et elle s'émouvait à l'ampleur de ces cuisses blanches et grasses de jeune fille, ne ménageant aucun de ses secrets, offrant le conin frétillant de plaisir, le clitoris grossissant, gonflant sous le minet, pour devenir sensible aux lèvres qui le poursuivaient. Ellen se laissa aller sur une chaise, les jambes en l'air, sur les épaules de sa suceuse, qui se frotta en chatte contre l'entrecuisse sous lequel apparaissaient les fortes rotondités des cuisses.

Reine happait, léchait, suçait, sans négliger le pelotage, et bientôt Ellen jouissait, disant :

— Quelles délices ! quelles délices ! Oh ! Mary me l'avait bien assuré que tu savais caresser !

— Mary !

— Oui, et elle voudrait que vous redeveniez amies, pour recommencer.

— Jamais plus avec elle.

— Ah, ah, ma petite Reine, je jouis encore, on le fera souvent, n'est-ce pas ? nous trouverons des endroits pour nous réunir sans qu'on s'en doute.

— Au bosquet d'Alexandra, si tu veux.

— Elle s'y tient tout le temps ; ne la gênons pas, si nous tenons à jouir ensemble.

— Il est curieux qu'on ne la surprenne pas.

— Elle sait s'arranger.

Reine pensa que si jamais elle revoyait en tête à tête Miss Sticker, sa compagne n'y retournerait plus souvent ; mais la directrice ne se montrait pas, même dans les salles d'études.

Cependant, tous les bonheurs survenant à la fois, Reine, en se couchant, vit, épinglé à son traversin, une page de livre ; elle se dépêcha de lire, et s'arrêta vers le milieu, à cette phrase :

« Les vierges doivent toujours être prêtes pour le jour où l'époux les rejoindra : ce jour n'est peut-être pas proche, mais il est peut-être aussi à la veille de luire. »

Les mots « à la veille », étaient soulignés ; elle comprit. Le lendemain, l'époux, Miss Sticker en l'occurrence, viendrait.

3

L'époux ! Ce titre se gravait dans l'esprit de Reine ! L'époux, oh ! Oui, il y avait bien quelque chose de ça dans l'impression que lui produisait Miss Sticker ! De l'effroi d'abord, puis du trouble et enfin du doute et de l'espoir. Se mettant au lit, elle se remémorait les détails de leur dernière entrevue. La terrible directrice fut bonne et tendre ! Elle s'émouvait à ses caresses, elle trahissait le charme qu'elle éprouvait à ses petites séductions, et elle ne l'épouvantait plus. Certes, elle ressentit de l'inquiétude le lendemain lorsque Alexandra échappa à la correction qu'elle avait sollicitée pour elle, mais Miss Sticker lui adressa un regard voilé qui la rassura en lui apprenant qu'elle la tenait hors de cause. Depuis plus rien, que cette page, page très claire et très nette. Si cependant l'envoi ne provenait pas d'elle, Reine avait déjà trop de la femme pour ne pas deviner que seule la directrice de la maison pouvait employer ce moyen détourné pour annoncer sa future visite. Donc, le lendemain soir, elle recevrait Miss Sticker. Une fièvre agitait ses nerfs. Elle se demandait si elle continuerait à se servir de son corps de la même manière, de la manière des chiens, comme elle avait vu faire un chien et une chienne. C'était alors vraiment bien un époux qui se présentait ! Un époux se contentait-il de ces simples attouchements ? Que non pas. Miss Sticker s'excitait contre ses chairs, et n'osait pas recourir à son offre de la faire jouir. Dans tous les cas, elle, la petite

Reine vicieuse, elle jouissait à son contact, et c'était vraiment ce qui l'étonnait le plus. Quoi, Miss Grégor, qu'elle aimait et qu'elle désirait, avait beau la lécher, la sucer, elle ne jouissait que rarement. Et Miss Sticker, en l'enveloppant de son corps, en se frottant le ventre contre son derrière, en la branlant avec douceur, la faisait jouir trois fois de suite. Le temps paraissait bien long pour arriver à ce soir du lendemain. Si elle risquait une visite à Miss Grégor ! Non, non, elle dormirait mal, elle se fatiguerait, et Miss Sticker s'apercevrait qu'elle ne répondrait qu'avec peine à son enveloppement ! Oh ! elle y répondrait quand même. Puis, si elle avait trop envie dans la journée, elle appellerait encore Ellen, et elle s'en payerait une bonne sucée. Elle sourit, une idée lui naissait pour donner ses rendez-vous et enlever à Alexandra ses amoureuses. Il y avait une salle où l'on pouvait facilement se cacher, et éviter toute surprise, la salle des conférences ; c'est là qu'elle attirerait celles qui consentiraient à recevoir ses minettes et ses feuilles de roses. Cet espoir la berçant, elle ferma les yeux et rêva bientôt de mille félicités.

À la récréation du déjeuner, celle où l'on pouvait le plus aisément se soustraire à la surveillance, elle commença par observer Alexandra. La fillette, avec un air candide et inno-cent, marchait, telle une Marguerite de Faust, les yeux sur un livre, paraissant étudier une leçon. Mais, à travers les cils qui se baissaient, sous l'ombre des cheveux rangés à la vierge, les regards se dirigeaient vers telle ou telle grande, et, lorsqu'elle vint s'asseoir sur un banc, près d'une charmille, deux jeunes filles y accoururent bientôt. Elle lisait toujours, tandis qu'elles examinaient des fleurs qui poussaient à côté du banc, mais Reine distinguait parfaitement les lèvres qui s'agitaient, et qui révélaient la conversation. Pas un muscle du visage d'Alexandra ne remuait. Était-il possible qu'elle, Reine, eût dégourdi cette perversité autrement forte que la sienne, par sa savante dissimulation ! Elle n'y tint plus, il fallait qu'elle l'emportât sur cette dévergondée qui osait se poser en rivale de ses plaisirs ! Comment lui ravir cette clientèle de grandes qu'elle supputait des plus importantes ! Des yeux, elle cherchait Ellen ; elle l'aperçut un peu plus loin, causant avec une jeune fille qu'on surnommait « la *beauté* de la maison », tant tout était parfait chez elle, une élève qui dépassait dix-huit ans, et qui aurait déjà dû quitter l'institution depuis les vacances, mais qui y séjournait quelques mois de plus, sans qu'on s'expliquât bien pourquoi, ses classes étant finies, et n'en suivant pas de nouvelles, s'occupant simplement d'arts d'agrément. Cette jeune fille, miss Mauricette de Spenekren, une blonde pâle exquise, écoutait avec beaucoup d'attention les propos d'Ellen. Reine ne recula pas ; elle alla droit au couple, fit un signe des yeux à Ellen, qui répondit oui de la tête, et elle lui dit en passant rapidement à son côté :

« À la salle de conférences. »

Sans se retourner, elle s'y dirigea. Aucune difficulté ne pouvait surgir pour l'en empêcher. Les sous-maîtresses, réduites à la moitié pour la récréation, veillaient surtout sur les deux premières divisions, les plus jeunes et les plus nombreuses, laissant la troisième et la quatrième, en rapports presque constants, depuis que mistress Gertrie aidait sa sœur dans la direction.

La salle de conférences se trouvait située sur un côté peu habité, et s'étendait en longueur, avec des rangées de fauteuils et de chaises, pour se terminer à l'extrémité par un salon isolé et en rotonde, meublé de longs divans, où se reposaient les conférencières qui parfois venaient instruire en divertissant. De hautes tentures entouraient tous les murs de la salle, sauf du côté des fenêtres, et comme on entrait dans cette salle par deux portes situées vis-à-vis de l'autre, de chaque côté de la chaire placée en face des fauteuils et des chaises, en se réfugiant dans le salon, se sauver en cas de surprise constituait un vrai jeu d'enfant, grâce aux tentures derrière lesquelles on pouvait se dissimuler. Reine avait donc bien trouvé le lieu par excellence pour y vivre ses débauches, et elle y pénétrait à peine qu'elle s'y voyait rejoindre par Ellen et Mauricette.

Elles coururent directement au salon, et là Ellen dit :
— J'ai parlé de toi à Mauricette ; elle veut aussi connaître tes caresses, tu ne les lui refuseras pas.
— Mauricette, oh ! oui, et j'en suis bien heureuse, je vais la faire jouir.
— Petite coquine, petite coquine, murmura Mauricette, tu aimes donc bien ça ?
— Si je l'aime ! Je risquerais tous les jours le fouet et les verges pour me rouler sous des jupes ! Viens, Ellen, que je commence sur toi, afin qu'elle juge.

— Non, commence par elle, moi, je sais ce que c'est, et elle ne le sait pas.

— Vous ne le savez pas, Mauricette ! Oh, je veux que vous en raffoliez ; il n'y a rien de pareil sur cette terre pour celle qui le fait et pour celle qui se laisse faire.

Reine se jeta aux genoux de la jeune fille, lui retroussa les jupes, découvrit un fin pantalon de dentelle, ouvert, mais qu'elle trouva quand même incommode, et qu'elle détacha.

Mauricette, d'un petit rire nerveux, l'encourageait ; elle obéit, comme avait obéi la veille Ellen, lorsque Reine lui donna ses atours à tenir relevés, et serra fortement les cuisses, dès qu'elle sentit la langue de la fillette lui frôler le conin.

— Ah, ah, ah, murmura-t-elle, non, je ne puis pas, ça me chatouille trop.

— Mauricette, tu es trop jolie pour me refuser de te sucer, ôte ta main de là.

La jeune fille, dans son émoi, avait porté une main sur ses parties secrètes, pour les dérober aux caresses de Reine. Elle la retira et dit :

— Essaie doucement pour voir.

La langue de Reine s'exerça avec lenteur sur le clitoris, redescendit sur les lèvres sexuelles, mais sitôt qu'elle touchait le conin, Mauricette resserrait les cuisses et suspendait les caresses.

— Dites, proposa Ellen, faisons une chose pour bien nous amuser. Je vais me coucher sur un divan, Mauricette se placera à cheval par-dessus mon ventre, et toi, Reine, tu lui lécheras le derrière, en même temps que tu me suceras le petit bouton ; nous jouirons ainsi toutes les deux à la fois, et je sucerai aussi tes nénés, Mauricette, puisque tu m'as dit que ça te produisait de l'effet.

— Ton idée est très bonne, et si Reine y consent, je ne demande pas mieux.

Mauricette dégrafa son corsage en souriant et sortit une belle paire de seins, pour une jeune fille de dix-huit ans, des nichons bien fermes et bien ronds.

— Oh ! s'exclama Reine, tu en as autant et peut-être plus qu'une maîtresse.

Mauricette lui donna une petite tape sur la joue, et répliqua :

— Tu en as vu ?

— Ça se peut.

Ellen, qui avait quitté son pantalon, s'était étendue sur un divan, les jupes ramenées vers le cou ; elle offrait la vue de ses cuisses grasses et pleines, de son conin frais et rosé, très ombragé par son minet, de son ventre et de son nombril ; Mauricette se plaça à cheval sur son ventre, de façon à ce que ses fesses surmontassent bien l'entrecuisse, et à ce que ses seins fussent à portée de sa bouche.

Reine faillit frapper des mains à ce spectacle, qu'elle estima le plus enchanteur de ce globe.

Les fesses de Mauricette, blanches et fortes, sur une fente rosée et bien plantée, laissaient entrevoir le mariage de ses poils avec ceux d'Ellen ; elles se tortillaient, comme pour engager la partie voluptueuse ; Reine se précipita d'abord sur le cul, qu'elle lécha avec une ardeur sans pareille, puis passa au conin d'Ellen, intercalant la langue entre ses chairs et celles de Mauricette ; elle y alla avec une telle vigueur que bientôt elle suivit avec délices les frémissements qui se communiquaient aux deux corps, et que, joignant le travail de ses doigts, elle ne tarda pas à provoquer la divine décharge.

Cette fois, Ellen et Mauricette se tenaient à bras-le-corps, et se frottaient avec furie leurs sexualités ; Reine, qui léchait où elle pouvait, éprouvait des velléités de leur sauter dessus, et de les fesser tout en les caressant.

— Ne sois pas jalouse, murmura Ellen, tes suçons donnent un tel vertige, qu'on perd l'esprit et qu'on aspirerait à se fondre les unes dans les autres. Jouir, jouir, oh ! jamais je n'eusse supposé une si grande félicité. Je ne pourrai plus m'en passer.

— Que tu parles bien, dit Reine, il faudra quelquefois venir deux ensembles, mais n'en parle pas à Alexandra.

— À cette sale bête ! s'écria Ellen qui se relevait ainsi que Mauricette, pour réparer tant bien que mal leur désordre. N'aie pas peur, elle n'est pas à ta hauteur, ma petite Reine, et si Gio continue à y tenir, avec une ou deux autres, on ne jurera en masse que par toi.

— Eh, eh, dit Mauricette, elle aura son clan de… bonnes amies.

— Elle, et comment est-ce possible ! répliqua Reine. Moi, je vaux tout le monde, et je ne me fatigue pas.

— Tu ne resteras pas toujours aussi bien disposée sur ce genre de cochonneries, Reine.

— Toujours, Mauricette, et si vous voulez recommencer…

— Non, non, il ne faut pas s'épuiser à ce jeu, et de plus, on peut remarquer notre absence.

— Il y a mille raisons pour l'expliquer.

Revenant à Gio, Reine demanda :

— Alors, Gio ne viendra pas ?

— Elle ne peut lâcher Alexandra, à qui elle en fait voir de toutes les couleurs. Elle l'a obligée à boire une cuillerée de son urine.

— Je lui en boirais deux pour la lui enlever.

— Vilaine sale, ne fais pas ça, crois-moi, fais jouir, mais sans recourir à l'ordure. Je suis certaine que Gio renouvellera une autre vilaine chose avec Alexandra. Un jour, où elle s'était purgée, elle lui a lancé un pet sur la figure, et Alexandra l'a priée de recommencer.

— Ah ! par exemple, ça non ! Je l'aurais tuée !

— Tu vois bien qu'il y en a que tu pourras lui laisser. Puis, tu sais, toutes ne marchent pas.

— Avec moi, toutes marcheront.

— En voilà une d'amoureuse, Mauricette !

— Cette petite Reine s'emballe ! Dis, avant de nous séparer, essaye encore de me sucer par devant.

De nouveau sur les genoux, et cette fois sans lui retirer son pantalon déjà remis, Reine poussa la langue entre les cuisses de Mauricette, qui supporta mieux le contact. Soudain elle arrêta un doigt inquisiteur de la fillette qui s'égarait, mais pas assez à temps pour que celle-ci ne constatât pas que le petit bijou avait été forcé, et que la virginité n'existait plus.

— Oh, oh, Mauricette ! dit-elle.

— Lève-toi de là, répondit Mauricette avec humeur.

— Pourquoi ? C'est un secret entre nous deux.

— Alors, tiens, mange-moi.

Elle se plaqua à cheval par-dessus son visage pour mieux recevoir ses minettes, et la laissa lécher quelques secondes, puis murmura :

— Assez, assez, ayons raison ; petite, je veux te rendre un service. Je suis au courant de beaucoup de choses. Et bien, si tu n'aimes pas Alexandra, et si tu es bien avec Miss Grégor, tâche qu'elles ne finissent pas par s'entendre.

— Que veux-tu dire ?

— J'ai vu, il y a trois jours, Alexandra qui sortait de la chambre de Miss Grégor.

— Alexandra sortait de la chambre de Miss Grégor !

— Chut, et tires-en ton profit ! Je sais, je sais, puis c'est de bonne guerre ! Tu veux enlever à Alexandra ses petites amies, quoi d'étonnant à ce qu'elle cherche elle aussi partout.

— Oh !

Reine était assommée sous cette nouvelle. Elle avait l'illusion de croire que jamais Miss Grégor ne se livrerait à d'autres gougnottes. Elle l'entendait lui répéter qu'elle l'aimait, qu'elle l'adorait, qu'elle ne se passerait jamais de ses caresses ! Quoi, elle jouirait avec cette Alexandra de malheur ! Ah ! elle eut une fichue inspiration le jour où elle consentit à lui faire goûter le plaisir des cochonneries ! Qui aurait supposé qu'une froide Anglaise lutterait en luxure avec une Française ! Elle ne ramassait que des ennuis avec cette fille ! Le chevalet, la surveillance plus sévère des chambres, la perte de ses camarades, dont quelques unes ne s'occupaient plus de la polissonnerie de sa coiffure, ni de ses coquetteries. Oh ! elle le lui payerait !

Elle se réjouit pourtant en pensant à la visite nocturne de Miss Sticker. Elle la dénoncerait enfin pour tout de bon, et il y aurait du grabuge. Le fouet et les verges fonctionneraient.

Pensive, elle s'était séparée d'avec Ellen et Mauricette, à son tour elle abandonnait la salle de conférences pour retourner à la récréation. Rien de fâcheux ne lui survint. Le malheur voulut qu'en entrant dans l'étude, et en regagnant sa rangée de pupitres, ses yeux se croisassent avec ceux d'Alexandra, et qu'elle crut y discerner une pointe d'ironie. Toute d'impulsion, elle ne calcula pas la portée de son acte, elle quitta sa place, et avant qu'elle ne se fût mise en garde, elle la gratifiait de deux gifles retentissantes. La voisine de gauche se leva pour empêcher l'agression, celle de droite, Eva, cria :

— Elle a bien fait, Alexandra la narguait. Miss Grégor, saisissant Reine par le bras, la ramena brutalement à sa place, en disant :

— Êtes-vous folle, miss de Glady, voulez-vous me perdre ?

— Je ne veux pas qu'on se moque de moi, ni vous, ni personne, vous entendez !

— Que signifie ?

— Je sais ce que je dis.

— Vraiment ! Eh bien, comme vous en êtes en état de rébellion, vous allez de suite venir au milieu de l'étude, que je vous applique la correction.

— Vous êtes la sous-maîtresse, je dois, m'incliner, mais je prétends ne pas subir seule la punition. La bonté a des limites.

Le nom de la directrice jeta une douche d'eau froide sur l'exaltation de Reine. Elle se calma comme par enchantement, et dit doucement :

— Bien, Miss Grégor, je me repens. Est-ce la fouettée ou le martinet ?

— Ôtez votre pantalon, c'est le martinet que vous avez encouru.

En silence, Reine quitta son pantalon, releva ses jupes, que Miss Grégor vint épingler à ses épaules, et de nouveau elle montra ses fesses, toujours fraîches et séduisantes.

Miss Grégor s'assit sur une chaise, la fit tenir droite devant elle, releva le martinet et le laissa retomber sur les blanches chairs, qui se plissèrent sous le coup. Soudain Reine se souvint de la visite nocturne de Miss Sticker qu'elle attendait. Si elle allait être marquée, que penserait la directrice, elle qui surtout semblait porter ses caresses à son cul ! Elle se tourna vers Miss Grégor, lui arrêta le bras qui s'apprêtait à frapper un second coup, et humblement murmura :

— Miss, je vous demande pardon. Cessez pour aujourd'hui la correction ; je ne suis pas bien. Demain, si vous voulez, vous me l'appliquerez double. Vous savez bien que je n'ai pas peur.

— Ne faites pas grâce, Miss Grégor, intervint Alexandra, elle m'a giflée par traîtrise, et je sais pourquoi elle me déteste.

— Elle vous déteste ! De quel droit, miss Alexandra, intervenez-vous dans cette question ? Vous mériteriez de recevoir la fouettée à sa place.

— Ce ne serait pas juste ! Vous afficheriez vos préférences.

— Miss Grégor, ajouta Reine, si ma demande vous suscite de l'ennui, je consens à ce que vous en référiez à Miss Sticker.

— Malheureuse enfant ! Y pensez-vous bien ?

Ignorez-vous que ce serait pour vous le poteau, le lit de correction, l'exposition, avec le fouet et les verges ?

— Je les supporterais mieux qu'aujourd'hui le martinet.

— Je renvoie à demain la punition, miss Reine, à une condition : vous allez adresser des excuses à miss Alexandra sur votre brutalité ; elle y a droit. On ne bat pas ainsi une de ses compagnes.

— Des excuses !

— Fais-les, murmura Lisbeth, qui était près d'elle.

— Il n'y a pas de honte, reprit Miss Grégor, à désavouer un vilain acte.

— Vous avez raison, Miss Grégor, et je prie Alexandra de m'excuser.

— Recevez-vous les excuses, miss ?

— J'y suis bien obligée, mais j'exige qu'elle les fasse à genou.

— À genou devant vous ?

— Vous n'avez pas craint de me souffleter, sans aucun motif.

— Je ne m'abaisserai pas à ce point ; je vous adresse mes excuses, et c'est tout.

— Moi, je ne les accepte pas.

— Miss Alexandra, miss Alexandra, s'écria Miss Grégor,

vous êtes trop exigeante.

— Est-ce moi qui ai eu les coups ?

Reine restait toujours au milieu de l'étude, les jupes épinglées aux épaules, les fesses et les cuisses nues ; les regards de ses compagnes ne se privaient pas de les contempler ! Elle ne s'embarrassait pas de cette tenue immodeste, et échangeait des sourires lutins avec Lisbeth, May, et aussi Eva. Sous la poussée d'une pensée subite, elle dit :

— J'ai fait tout ce que je pouvais, miss, je demande à ce que vous en référiez à Miss Sticker, et à porter moi-même votre rapport.

— Vous ne le demandez pas sérieusement, vous serez enfermée et châtiée dès ce soir.

— Je le préfère à m'humilier davantage devant cette fille.

— Cette fille ! Malhonnête ! On voit bien qu'en France vous ne mesurez jamais vos expressions !

— On les mesure autant qu'ici. Miss Grégor, veuillez me retirer vos épingles ; il est inutile que vous m'exhibiez plus longtemps en cet état. Je maintiens mon désir d'aller chez Miss Sticker.

— Soit, puisque vous vous entêtez. Advienne que pourra, vous eussiez moins souffert de ma correction.

Elle détacha les jupes de Reine qui retombèrent, mais ne lui rendit pas son pantalon. En quelques lignes, elle relata l'incident, les cacheta sous enveloppe, et les remit à la fillette, en disant :

— C'est votre droit de porter ce pli. Vous êtes la première qui en usez, je souhaite que vous ne vous en repentiez pas.

Reine prit le papier, et quitta l'étude avec dignité, malgré les supplications de quelques-unes de ses compagnes, l'engageant à se soumettre.

— Oh ! miss Alexandra, murmura Miss Grégor, dès qu'elle fut partie, vous avez été cruelle pour Reine ! Elle a subi une des plus rudes corrections de la maison, elle risque de s'en attirer une plus terrible.

— Vous la consolerez.

— Vous dites ?

— Rien qui puisse vous contrarier, vous savez bien que je ne demande qu'à vous être agréable.

— Quelle triste histoire vient de se passer là ! J'en suis bien affligée. Voyons, pourquoi y avez-vous apporté tant de rigueur ?

— Venez vous asseoir près de moi, et je vous le confesserai.

Miss Grégor s'installa à côté d'Alexandra, qui lui murmura :

— Pourquoi sommes-nous des rivales ? Reine est jalouse.

— Chut, chut, n'en parlons pas.

— Au contraire. N'est-il pas bon que l'on connaisse votre indépendance, et que s'il vous plaît d'aimer autour de vous, une seule élève n'usurpe pas toute votre beauté ?

— Laissez ce sujet, Alexandra ; tant que Reine ne sera pas de retour, je demeurerai triste et inquiète.

Elle retourna à sa table-bureau, et se plongea dans ses réflexions.

4

Reine était arrivée à la portée du cabinet de travail de Miss Sticker, où elle savait la trouver. Son cœur battait avec précipitation. Elle se payait un coup d'audace. Comment serait-elle accueillie ? Elle jouait le tout pour le tout, décidée à employer ses séductions pour s'assurer la victoire qu'elle se sentait près de remporter sur la directrice : comme talisman, elle avait dans sa poche la page du livre accrochée a son traversin.

Elle frappa, et ayant reçu l'autorisation d'entrer, elle pénétra. Miss Sticker, installée dans un fauteuil, à côté d'une grande fenêtre, lisait une gazette.

— Qu'y a-t-il, miss Reine ? demanda-t-elle d'une voix plutôt sèche.

— Je vous apporte, Miss Sticker, le rapport de ma sous-maîtresse sur un incident qui vient de se passer dans notre étude ; j'ai été coupable d'un acte de vivacité ; j'allais recevoir le martinet, j'en ai même reçu un premier coup, lorsque j'ai supplié de remettre au lendemain. Miss Grégor y consentait à la condition que je fisse des excuses ; je les ai faites ; on les a exigées plus humiliantes, et j'ai demandé à ce qu'on vous en référât. Miss Grégor aurait prononcé, je me serais soumise ; l'exigence était le fait d'une compagne ; en sollicitant l'appel à votre autorité, je savais que je m'exposais à ce que vous m'infligiez une peine plus dure ; je m'y soumettrai avec déférence si vous jugez vraiment que j'ai eu tort. Je sacrifierai ainsi avec chagrin les espérances soulevées dans mon cœur.

Miss Sticker lisait le rapport qui mentionnait les gifles données à Alexandra et ce qui s'ensuivit. Elle écoutait ce que disait Reine sans l'interrompre, chose rare chez elle. Dès qu'elle s'arrêta, elle répondit :

— Les choses se sont bien passées ainsi. Vous vous êtes placée dans une bien vilaine situation, miss de Glady. Pourquoi ne pas avoir accepté la légère correction du martinet que certainement Miss Grégor vous eût appliquée., avec bienveillance ?

— Pourquoi ?… À cause de ceci.

Elle tendit à Miss Sticker la page du livre.

— Quel rapport y a-t-il ?

— Je ne voulais pas qu'on m'abîmât… ce soir.

— Ah !

Miss Sticker pliait la page et la refermait dans un calepin qu'elle portait dans sa poche ; elle regarda quelques secondes Reine debout près de son fauteuil, et reprit :

— Je suis obligée de sévir, miss Reine, mais puisque vous avez demandé à demain le renvoi de votre correction, je vous l'accorde. Demain, vous n'irez pas en classe, vous vous rendrez à la salle de méditation, que vous connaissez, et où vous avez été corrigée pour la première fois. Vous y recevrez le martinet de ma main. Quant à Miss Grégor, qui n'a pas su prévoir cette algarade, comme l'autre fois aussi, elle recevra les verges de votre main. Je vais marquer cela, et je le transmettrai à votre sous-maîtresse.

Elle se leva et se dirigea vers son bureau, elle s'y installa et griffonna quelques mots, tandis que Reine, qui l'avait suivie, continuait à rester debout.

Quand elle eut achevé d'écrire, elle sortit d'un tiroir un dossier, l'ouvrit, et ayant parcouru une à deux pages, demanda :

— Vous êtes entrée dans ma maison en novembre 1890.

— Oui, miss.

— Nous sommes en février 1892, voilà donc quinze mois que je vous compte parmi mes élèves. Que de choses en si peu de temps ! Vous êtes née en mai 1877.

— Oui, miss.

— Vous aurez donc quinze ans dans trois mois.

— Parfaitement, miss.

— Asseyez-vous sur cette chaise.

Reine se laissa tomber sur un siège, sis à côté du fauteuil de Miss Sticker, cherchant à quoi tendait cet interrogatoire. La directrice feuilletait le dossier, considérant de temps en temps la fillette qui ne savait trop quelle contenance adopter, et allongeait les jambes dans un mouvement nerveux et irréfléchi.

Miss Sticker poussa un gros soupir, se tourna à moitié et dit :

— Quinze ans, un bel âge, mon enfant, où l'on cesse d'être une fillette. Oh, vous l'êtes encore, mais vous vous annoncez très, très précoce, non seulement pour les idées, mais aussi pour la croissance. De même que je le remarquais chez miss Alexandra, je le remarque chez vous : vos jupes sont trop courtes, et vous accusez un degré de formation où il ne faut plus ainsi montrer ses mollets, de beaux, de très beaux petits mollets, j'en conviens.

Reine rougit sous le compliment et fit le geste de retirer ses jambes ; Miss Sticker continua :

— Laissez, laissez donc, je ne m'effarouche pas de les voir.

Elle ressortit la page du livre enfermée dans son calepin, et le cœur de Reine éprouva sans qu'elle sût bien pourquoi, une violente émotion. Elle lut à haute voix :

— Les vierges doivent toujours être prêtes pour le jour où l'époux les rejoindra : ce jour n'est peut-être pas proche, mais il est peut-être aussi à la veille de luire.

— La veille, c'était hier, Miss Sticker.

— Vous espérez donc en la venue de l'époux ?

— Oui, de toute mon âme, dit Reine avec flamme.

— De jolis, de jolis petits mollets, murmura Miss Sticker en se penchant et en palpant les jambes de Reine.

— Oh ! miss, miss, balbutia avec ivresse Reine, vous viendrez… cette nuit !

— Vous êtes bien jeune, mon enfant, pour penser à l'époux, dans le vrai sens du mot.

— L'époux m'a distinguée, je suis la vierge qui l'attend.

— Levez-vous droite. Très bien. Dégrafez votre corsage. Bien. Penchez-vous sur moi.

Reine avait déboutonné son corsage, elle se courba sur Miss Sticker qui dénoua le col de sa chemise et glissa les mains sur ses seins.

— Petits, petits fruits qui mûriront, qui mûrissent !

La fillette se laissait faire, se rapprochait de plus en plus, elle répondit :

— J'ai entendu dire qu'à seize ans ma mère était une femme.

— Vous n'en avez pas encore quinze, mais vous êtes bien, bien en avance. Donnez vos tétés que j'en baise le bouton.

— Voyez, ils se tiennent ! Oh ! miss, que faites-vous ?

Miss Sticker avait embrassé les deux petits seins mignonnets, à peine sortis de leur cellule, et elle tombait à deux genoux devant Reine, l'enlaçait et murmurait :

— Tu consens donc, ma jolie chérie, à être l'épouse de l'époux ?

— Je consens à être tout ce que voudra l'époux, à l'aimer à la folie, et à lui donner les plaisirs qu'il désirera. Ah ! miss, miss, quel effet extraordinaire vous me produisez, je fonds dès que vous me touchez, je sens que je vous aime, ah ! mon Dieu, mon Dieu, ne me chatouillez pas trop, je mourrais de bonheur !

À genou devant Reine, Miss Sticker avait passé les mains sous ses jupes et, rencontrant les chairs nues, elle patouillait les fesses avec ferveur, les abandonnait pour dénicher le clitoris qu'elle branlait avec dévotion. Et Reine, jouissant de suite, sentait sa raison s'égarer sous une impression indéfinissable de joie et de langueur.

— Va pousser la targette, commanda Miss Sticker.

Comme une femme ivre, Reine alla à la porte et obéit.

— Reviens vite.

Elle accourut, et Miss Sticker s'étant assise sur la tapis, elle se laissa aller sur ses genoux, lui passa les bras autour du cou, lui chercha la bouche, la baisa et murmura :

— L'épouse, l'épouse, oui je suis l'épouse, je le pressens et je vous adore.

Les yeux de Miss Sticker s'embrouillardaient de vapeurs, elle pressait dans ses bras la fillette, lui rendait ses baisers, s'agitait, ouvrait les lèvres comme pour parler, ne disait rien ; elle finit cependant par lui faire comprendre de se placer à quatre pattes et instantanément Reine s'y jeta, ramenant elle-même ses jupes sur le dos, montrant son cul tout blanc et affriolant, elle dit :

— Battez-moi, si vous le jugez utile, mais j'attends votre plaisir mon cher époux.

— Oui, ton époux, répondit Miss Sticker, se retroussant cette fois et approchant son ventre tout nu des fesses de Reine.

— Oh ! murmura la fillette, qu'avez-vous là, miss, oh ! un gros, gros doigt, vous voulez me l'enfoncer dans le derrière ! Oui, je veux bien, mais doucement, il est bien plus gros qu'un pouce, oh ! oh ! est-ce possible, vous n'êtes pas une miss, vous êtes…

— Ton petit mari, toi seule le sais, et celle que tu remplaces, je suis aussi ton amant, tu peux m'appeler jean, quand nous serons ainsi en tête à tête.

— Jean, jean, oh ! le gentil nom, oh ! oui, doucement, bien doucement, autrement cela m'écorche, jean, mon amant, mon époux, ah, ah, tu entres dans mon derrière ; ah, quelle ivresse, jamais je n'éprouvai tel bonheur ! Ah, ah, ah, oui, poussez, poussez, adorée, chérie, pousse, mon Dieu, quelles délices, ça entre tout, tout, ah, ah, je vais jouir, mon jean, toi aussi, ah, tu jouis dedans, je deviens folle sous la félicité, je t'adore, encore,

encore, dis.

La fillette, enculée par celle qu'on appelait Miss Sticker, jouissait et déchargeait, comme la soi-disant miss, en réalité Jean Sticker, éjaculait et déchargeait dans les fesses de cette pucelle déjà bien dégourdie.

Miss Sticker, que nous continuerons à désigner ainsi, tenait Reine sous sa possession ; elle reconnaissait la valeur de ce merveilleux tempérament d'élève que le ciel envoya dans sa maison, et elle se promettait d'en user. La jouissance s'était produite ; le doigt, le fameux doigt, ou plutôt la queue, s'échappant du cul de Reine, rapetissait, rapetissait, à disparaître presque complètement. Quel cas étrange était-ce ? Des couilles, de moyenne grosseur, soutenaient un appendice mâle, raccourci au point de ne pas être plus gros que celui d'un enfant de douze ans, d'un enfant même encore peu doué. Miss Sticker se redressait, elle se réinstallait sur son fauteuil, et y attirait Reine sur ses genoux ; elle la pressait dans ses bras, à demi pâmée sous la sensation qu'elle venait d'éprouver. Elle lui baisait les cheveux, le front, et murmurait :

— Mon petit amour, tu sauras garder ce secret.

— Oh ! oui, mon cher époux.

— Tu excuseras ma sévérité, lorsque je te gronderai en public ?

— J'excuserai tout ce que vous me ferez.

— Tu as vraiment été heureuse, en sentant… la chose que je te poussais dans le derrière ?

— Je voudrais toujours rester comme nous étions.

— Je te verserai dans les veines d'autres ivresses, plus douces et plus violentes en même temps.

— Oh ! bientôt, dites.

— Il faut maintenant reprendre nos esprits ; j'ai succombé à la tentation, et j'ai eu tort. J'irai à ton étude dans une demi-heure, après que tu auras accompli ce que je vais te dire. Tu ne peux rester dans la chambre que tu occupes, je te mets dans celle de Mauricette, qui couchera à l'infirmerie pour les quelques jours qu'elle a à passer ici. J'écris à Rosine pour qu'elle t'aide dans ce changement. Tu la trouveras à la lingerie.

— Je ne serai pas trop éloignée de vous ?

— Non, ma petite chérie. Tu me promets d'être bien sage, de ne plus courir après des jupons ?

— Je ferai tout ce que je pourrai, mais, mon cher époux, je n'ose trop m'engager. Une épouse n'a pas de secrets pour son époux, je vous confesserai mes fautes, miss.

— Jean.

— Oh ! oui, jean, mon jean chéri ! C'est plus fort que moi ; j'adore de fourrer le nez sous les jupes, et il me semble que si toutes les femmes le demandaient, je ne refuserais pas. Oh ! je ne jouis pas comme j'ai joui avec vous, mais ça me chatouille dans l'estomac, dans le dos, dans la tête, et je jouis en idée à ne pas pouvoir refuser le plaisir, lorsqu'il se présente.

— Voilà une jolie profession de foi ! Il nous appartient de chercher à t'enlever ce goût ; en attendant, je t'en conjure, si tu commets des sottises, à tes risques et périls, car je serai obligée d'imposer le respect des règlements de la maison, jure-moi de ne t'adresser qu'à des grandes, et jamais à des petites.

Ainsi la farouche et austère Miss Sticker pactisait avec le vice, et livrait une partie du troupeau au loup ! Après tout, n'écoutait-elle pas la sagesse, et elle-même coupable, ne cherchait-elle pas de la sorte à endiguer le mal, en constituant la part du feu !

— Je te le jure, répondit Reine, les miochettes ne m'inspirent pas.

Miss Sticker ayant achevé un ordre de service pour Rosine, le remit à Reine.

— Allez, miss de Glady, dit-elle alors en reprenant son rôle de directrice, retirez-vous et rappelez-vous que vous devez rester une bonne élève.

— Je m'y appliquerai, Miss Sticker.

Les jambes de Reine lui tremblaient encore d'émotion, lorsqu'elle se rendit à la lingerie ; la secousse imprévue qu'elle venait d'éprouver laissait dans son âme une profonde impression d'extase, et elle pensait avec ivresse au rendez-vous du soir. Elle trouva Rosine en train d'empiler des draps. C'était une belle et forte fille de vingt-cinq ans, une Française brune, chargée d'une partie du service des chambres et du soin de la lingerie. Elle lut l'ordre de Miss Sticker, et examinant Reine, elle lui dit :

— On vous change de chambre, miss de Glady, on vous rapproche de la haute surveillance, oh, oh ! Bon, bon, on va transporter votre balluchon, et j'arrangerai votre installation.

— Vous êtes Française, Rosine ?

— Pardine. Il y a vous et moi dans la maison ; ce qui m'ennuie, c'est que j'ai entendu jaboter sur votre compte.

— Sur moi ?

— Oui, oui, de drôles de choses.

Elles avaient pénétré dans la chambre de Reine, et celle-ci ramassait ses bibelots de toilette, son linge, tandis que Rosine grimpait sur une chaise pour décrocher le portrait de Mme de Glady, pendu assez haut. Debout sur la chaise, elle se retourna, regarda la fillette, et demanda :

— Miss, est-ce vrai ce qu'on raconte ?

— Quoi donc, Rosine ?

— Que vous asticotez les jupes de vos camarades ?

— Oh ! qui conte ça ?

— Vous ne vous figurez pas qu'on ne voit pas vos manières, vos coups d'yeux, votre manège ? Puis on vous a surprises à sortir deux des cabinets. On ne rapporte pas dans le service, on clabaude entre soi. Oh, vous êtes bien drôlichette avec vos cheveux à la diable, dites donc, miss Reine, vous savez, si vous aimez godailler sous les jupes, regardez-moi ça sous les miennes, est-ce confectionné, il y a de quoi se régaler. Ça me trottine depuis longtemps dans la cervelle, et je serais bien bête de ne pas profiter de cette occasion, eh ?

Rosine, sur la chaise, retroussait toutes ses jupes, étalait sous les yeux stupéfaits de Reine une monumentale paire de fesses, une splendide carnation à grosses joues, à large raie, semée de poils vers le bas, une chute de reins merveilleuse, telle qu'elle n'en avait pas encore vue ni chez Miss Grégor, ni chez Mme Clary, avec des hanches rebondies et puissantes ; elle en fut fascinée, malgré les félicités dont elle sortait, et s'écria en portant les mains sur les belles mappemondes, en fourrageant la fente d'un doigt inquisiteur, et en déposant un baiser sur chaque fesse :

— Rosine, oh Rosine !

— Vous marchez, tant mieux ! Inspectez-moi de l'autre côté, s'il ne vaut pas celui-là.

Elle se retourna, présenta ses cuisses épaisses, et rondes, son ventre bombé et satiné, sur lequel s'élançaient les poils très noirs et très fournis du minet, avec les lèvres secrètes bien gonflées et bien accentuées, un con franchement provocateur par sa courbe infléchie vers les fesses, le bouton se montrant comme un petit point sous la touffe noire, véritable gazon de Vénus, bien fait pour attirer les jeux de l'amour.

— Que de chairs, que de poils, murmura Reine arrachée à la pensée de Miss Sticker.

— Ça vous plaît, ma petite, et bien fourrez-vous-en, vous vous amuserez mieux qu'avec vos camarades, et au moins vous ferez jouir une Française. Venez par ici que je m'étende sur votre lit, vous serez à l'aise pour me gamahucher.

— Oh, le temps qui s'enfuit !

— On jouira vite, va !

Rosine, descendue de la chaise, s'assit sur le bord du lit, flanqua entre ses genoux Reine qui ne demandait pas mieux et qui déjà impatiente la retroussait. Elle se renversa en arrière, releva les pieds en l'air, et la fillette s'excita de nouveau à la vue de ces masses sexuelles, qui la fascinaient non seulement par leur réelle beauté, mais aussi par leur arôme bien féminin. Sur l'envergure formée par le ventre, les cuisses, le dessous des fesses, sa tête se fondait, noyée dans les poils ; elle enfonça tout le nez dans le vagin qui semblait l'aspirer, elle fessota le cul, Rosine lui répondit par des coups de clitoris sur le visage ; elle le prit dans sa bouche, c'était un vrai bouton de fleur, aussi gros qu'un pois ; Rosine se démena sous les suçons, elle ne tarda pas à décharger son foutre !

— Quelle sacrée petite garce, murmura-t-elle, et ce que vous en ferez jouir ! Vite, vite, occupons-nous maintenant du travail ! Venez, que je vous débarbouille la figure, ça vous a giclé en plein !

— Je me la débarbouillerai bien toute seule !

Habituée à se nettoyer et à se ranger, Reine procédait avec agilité, et Rosine, qui empaquetait ses affaires pour aller plus vite, admirait sincèrement cette prime jeunesse, si maîtresse de ses allures dans le plaisir et dans le reste. La voyant harmoniser ses cheveux, elle proposa de lui confectionner une coiffure encore plus tapageuse, et Reine y consentit avec joie. Sans doute d'ailleurs, Rosine pratiqua le métier de coiffeuse ; en un tour de main, elle massa sur le front un flot de cheveux en partie embrouillés, qui donna à la physionomie une expression si capiteuse que, se considérant dans un petit miroir, Reine exultant s'écria :

— Oh, que je suis bien, et comme on va me reluquer ! Quel dommage que je ne puisse pas m'adorer moi-même ! Je crois bien que je me le ferais ! Dis, ma petite Reine, pourquoi n'es-tu pas une chienne, tu te lécherais !

Rosine, ahurie devant cette jeunesse si délurée, s'exclama :

— Vous savez, mademoiselle Reine, nous sommes Françaises toutes les deux, et au monde il n'y a rien comme les Françaises.

Ces cheveux embrouillés sur le front enchantaient Reine ; elle ne se lassait pas de se contempler, s'amusant à étudier des grimaces pour bien exprimer ce qu'elle désirait qu'on comprenne sans explications. Les paquets étaient terminés, Rosine donna le signal du départ pour la nouvelle chambre, se chargeant naturellement de la plus grosse partie du déménagement.

Pour être petite et simple, la pièce qui allait devenir le séjour définitif de Reine n'en présentait pas moins un degré de luxe, par rapport à celle qu'elle quittait. D'abord elle était garnie d'un tapis dans son entier, et ensuite elle possédait une armoire à glace et un fauteuil. La toilette se compliquait d'étagères et d'ustensiles indispensables à une coquette élégante. La fillette ne put s'empêcher de sourire et de manifester sa joie. Rosine la rappela à la raison en lui disant qu'il fallait retourner à l'étude pour ne pas s'exposer à être grondée, et qu'elle arrangerait ses affaires, achèverait le déménagement de celles de Mauricette.

Reine se hâta de descendre, en calculant son entrée pour épater ses compagnes, éblouir et fasciner cette vilaine Miss Grégor qui lui faisait des infidélités, écraser cette vermine d'Alexandra, son odieuse rivale. Elle marchait avec assurance, exhalant un certain contentement d'elle-même ; elle ne se considérait plus comme une petite fille, elle se jugeait femme puisque son cul avait reçu la semence mâle ; de plus elle connaissait les sexualités de Rosine, dont le foutre lui mouilla le visage ; elle sentait son sang en mouvement et, plus

elle s'amusait, plus elle mourait d'envie de recommencer. Oh !
avec quelle ivresse elle pensait que le soir elle recevrait son
amant, et quel amant !

Elle entra crânement dans l'étude, le sourire aux lèvres,
l'œil fripon souligné par ses cheveux en révolte, affectant une
parfaite tranquillité d'esprit à la suite de sa visite à Miss Sticker.
Ah, Miss Grégor serait épatée ! Elle en fut pour cet espoir ; la
sous-maîtresse venait d'être mandée chez la directrice ; l'étude
était occupée par les seules élèves.

Alors elle esquissa une petite moue, répondit à des œillades
qui saluaient sa nouvelle coiffure, donna la main à Eva qui
lui tendait la sienne, et comme Alexandra se trouvait derrière
Eva, elle voulut la regarder avec bravade. Ses yeux se fixèrent
tenaces sur ceux de cette ancienne amoureuse ; Alexandra les
soutint, mais, chose extraordinaire, les siens n'exprimaient
nulle méchanceté, et à mesure qu'ils fixaient avec plus de
volonté, ils s'adoucissaient, s'adoucissaient, comme si l'amitié
reprenait possession de la mémoire, et s'adoucissant, ils rede-
venaient tendres, passionnés.

Reine, à qui Eva baisait la main en signe d'admiration,
s'apercevait de ce changement d'expression ; elle dégagea la
main des lèvres d'Eva, et apostropha Alexandra :

— Eh bien quoi, tu ne voudrais peut-être pas me le faire, à
moi qui suis gougnotte par profession, n'est-ce pas Eva, n'est-
ce pas Lisbeth ?

— Si tu le veux, Reine, dit Alexandra, je serai la tienne, et ça vaudra mieux que de nous nuire.

— Bravo, fit Eva, laisse-toi faire par Alexandra, Reine, ce sera du nouveau.

— Qu'elle me lèche le cul pour débuter, on verra après, répondit Reine tournant le dos à Alexandra et se retroussant bien au-dessus des reins.

Alexandra se précipita sur les genoux, saisit à pleines mains les fesses de Reine, les dévora de baisers, enfonçant la langue et le nez dans la fente.

— Une idée, s'écria Eva, nous sommes nos maîtresses pour un bon moment, j'en suis sûre ; Reine, monte sur ton pupitre, et montre-toi à nous toutes ; personne ne t'a jamais vue, et tu es si, si gentille, que nous jouirons dans notre chemise rien qu'en t'admirant. Laisse-la, Alexandra.

Reine jugea-t-elle que la proposition contenait un défi ; elle s'échappa des mains d'Alexandra, courut à sa chaise, gara son encrier, grimpa sur le pupitre, d'où elle dominait toute l'étude, aperçut les yeux des fillettes attachés à sa personne, envoya un baiser dans toutes les directions et, attrapant ses jupes, elle les ramena jusque sous ses seins, étalant ses cuisses très modelées pour l'âge, son conin et ses poils, son nombril, ses mollets sous les bas blancs que retenaient des jarretières roses.

— Ce qu'elle est jolie ! murmura Lisbeth.

— Elle mériterait qu'on la fasse jouir tout le temps, dit May qui, debout, lui pelotait les fesses.

— Embrasse-lui le minet devant nous toutes, dit Eva à Alexandra.

Celle-ci, qui avait son pupitre juste devant celui de Reine,

se leva, passa un bras autour de sa taille, appuya la tête contre
un de ses flancs, lança un de ses regards de colombe à toutes
ces fillettes que la peur seule empêchait d'acclamer le tableau.

C'était coquet, c'était mignon : Reine, debout sur le pupitre,
tenant avec ses mains ses jupes bien en l'air, abaissant des yeux
polissons sur Alexandra, qui appuyait sa joue sur l'une de ses
hanches. Et Alexandra, approchant lentement les lèvres sur le
ventre, les posa brusquement sur le conin en un long, long baiser, qui donna la fièvre de luxure à tout ce monde de fillettes.
Eva prenait la direction ; quittant sa place, elle murmura :

— À Alexandra de se montrer ; Reine lui rendra bien sa
politesse !

— Oh ! oui, répondit-elle en repoussant la tête
d'Alexandra qui lui décochait des languettes sur le clitoris. La
paix est conclue, au moins pour l'instant, je veux que vous
soyez toutes heureuses, Alexandra grimpe sur ton pupitre.

— Et si on vient ? Puis, moi j'ai mon pantalon.

— Lève-le, et moque-toi des punitions, comme je le fais.
Notre amitié refaite vaut bien qu'on risque quelque chose.

Entraînée par la luxure qui s'emparait peu à peu de tous les
cerveaux, Eva s'installait au pupitre de Reine, prenait la main
de May, et disait :

— Touche-moi partout là-dessous.

— Tu m'ennuies, toi ! Tu sais bien que je ne veux pas de ça.

Reine aidait Alexandra à retirer son pantalon, qu'elle enfer-
mait dans son bureau ; elle dit à May :

— Pourquoi ne la toucherais-tu pas ? Elle ne te brûlera pas

les doigts.

— Eva voudrait ensuite davantage, et moi je n'entends pas marcher pour faire ; vous êtes assez bien de deux petites cochonnes, il ne me plaît pas de l'être.

— En d'autres mots, tu acceptes bien qu'on te fasse jouir, et tu refuses de faire jouir une camarade.

— Tu l'as dit.

— Si j'étais à la place d'Eva, je t'empêcherai de regarder Alexandra.

— Par exemple, de quel droit ?

— Parce que c'est tout aussi cochon de regarder que de toucher.

— Je ne pense pas ainsi. Si Eva veut me le faire, je m'y prêterai ; mais à toi-même, que j'aime cependant beaucoup, je ne le ferais pas.

— Tu as du sang de navet, di ? Eva en lui attirant de force la main dans son pantalon, où elle la laissa.

— Tu constates bien que ça ne mord pas, sotte de May.

Alexandra avait grimpé sur son pupitre ; Reine vint se porter près d'elle pour la servir de la même caresse qu'elle en reçut. Agissant avec une chasteté lascive, s'il est permis de s'exprimer ainsi, Alexandra relevait ses jupes tout aussi haut, baissait les yeux avec une candeur parfaite, un sourire béat et angélique sur les lèvres, on la voyait toute depuis le creux des reins avec le beau rebondissement des fesses, les cuisses rondes et grassouillettes, avec le conin, les poils, le nombril, les mollets moins forts que ceux de Reine, sous les bas blancs d'uniforme, et les jarretières violettes. Reine l'enlaçait, appuyait la tête contre la chair des fesses et du ventre, d'où elle la mignardait, et différant avec elle, approchant la bouche du conin, elle ardait la langue en pointe, sous les yeux des fillettes debout et haletant ; elle agitait la langue de légers frétillements et la posait sur le clitoris, comme une abeille se pose sur une fleur. Un frisson parcourut l'épine dorsale d'Alexandra, Reine glissait le visage sous les fesses, expédiait la langue sur toute la fente, et disait :

— Elle a baisé mon cul, je baise le sien.

— Ah ! murmura Eva tressaillant sous un doigt de May la branlant avec vigueur, elles ont fait la paix, de beaux jours luiront ; ah, ma petite May, tu devrais leur demander des leçons.

— Oh ! non, le ciel m'en garde ! On ne nous met pas en pension chez Miss Sticker pour ne penser qu'à la saleté.

— La saleté, vilaine bête, dit Reine qui avait quitté Alexandra pour regagner sa place, tandis que celle-ci se réinstallait à la sienne, tu ne parles pas ainsi quand je te lèche le cul !

— Encore une idée, fit Eva qui de son côté se dirigeait vers son pupitre, nous avons vu Reine et Alexandra séparément, elles devraient se montrer toutes les deux ensemble, les jupes relevées pour qu'on compare leurs gentillesses.

— Tu es folle, répliqua Reine, je n'ai peur de rien, mais il ne faut pas dépasser les limites.

— Et moi j'y consens, dit Alexandra, tant pis, on nous chassera si on nous surprend, viens, Reine, viens ici près de moi, elles pourront bien nous voir, et rien ne nous brouillera plus.

Bien vite toutes les deux en face l'une de l'autre, sur un des côtés de l'étude, non loin de la table-bureau de la sous-maîtresse, elles se troussèrent d'une façon encore plus accentuée, à risquer de détacher jupes et robes, se firent les yeux doux, Alexandra avec une tendre nuance, Reine avec une canaillerie polissonne, et un long, long soupir de désir se répercuta chez toutes les élèves ; on vit Alexandra tendre le ventre en avant avec un balancement des fesses, on vit Reine approcher le sien, on vit les deux ventres se joindre, et les deux fillettes étant à peu près de même taille, on ferma les yeux lorsque leurs lèvres se réunirent pour se pigeonner, tout en se pelotant avec passion.

— Assez, assez, cria Lisbeth, j'entends un pas.

Les jupes retombèrent, les fillettes s'embarrassèrent pour se précipiter à leurs places, Miss Grégor qui entrait les surprit encore ensemble.

— Qu'est-ce, que signifie ! s'écria-t-elle.

— Miss, répondit Reine, la plus hardie, je me réconciliais avec Alexandra.

— Vous auriez bien dû commencer plus tôt. Vous connaissez la décision de Miss Sticker. Vous êtes réconciliées, c'est bien ; tâchez de ne plus fâcher, et surtout que je ne vous trouve plus hors de vos places, sans quoi je me montrerai aussi sévère et aussi dure que Miss Sticker.

— Oh ! miss, dirent en même temps Reine et Alexandra en joignant les mains, vous ne nous feriez pas de mal, nous vous aimons trop.

Les yeux de Miss Grégor s'illuminèrent ; elle s'aperçut seulement alors de la nouvelle coiffure de Reine, la considéra quelques secondes, puis dit :

— On ne vous tolérera pas vos cheveux arrangés de la sorte, Reine, croyez-moi, contentez-vous de votre ancienne manière.

— Je puis bien les garder ainsi pour un jour.

Miss Grégor aspirait-elle l'air de luxure qui régnait dans son étude ? Elle éprouvait des afflux de sang à la tête ; elle se réinstalla à sa table, les bras ballants, le corps gourd. Depuis que Reine la gougnottait, elle perdait toute notion de ses devoirs, et elle cessait de dominer ses sens. Ceux-ci, surexcités par le saphisme, ne se contentaient plus de duos plus ou moins longs, ils réclamaient la débauche, la grande débauche, où l'on se meurt sous les saturnales de la chair en délire.

Reine, en traitement à l'infirmerie, après sa correction par le chevalet, elle souffrit de la privation de ses luxures ; sa mauvaise humeur pesa sur son jeune troupeau, et elle commit sa première faute réelle, en adjoignant à Reine, comme seconde gougnotte, Alexandra.

Un matin, pendant une récréation, le désir la travaillant, elle s'était enfermée dans son étude, et y avait trouvé Alexandra, encore à la place voisine de Reine, achevant d'étudier ses leçons.

— Vous ne vous amusez pas avec vos compagnes, miss Alexandra ? demanda-t-elle.

— J'apprends ma grammaire, Miss Grégor, et j'ai mal à la tête.

— Tiens, moi aussi !

Elle s'assit sans arrière-pensée à la place de Reine, et laissa errer ses regards sur Alexandra. Tout à coup, il lui sembla que ses yeux la fouillaient, et ses nerfs vibrèrent instantanément. Elle eut l'intuition qu'elle pouvait marcher, et elle marcha brutalement.

Elle pirouetta sur sa chaise, posa les jambes sur le pupitre de Reine, et tira ses jupes à elle, démasquant ses cuisses écartées. Sans un mot, Alexandra s'accroupit entre ses jambes, lui fit minettes, et elle avait tellement envie, qu'elle déchargea de suite.

Pas un mot ne s'échangea avant l'acte, pas un ne s'échangea après. La jouissance éprouvée, Miss Grégor se leva, quitta la salle d'études, sans même remercier la fillette. Elle réfléchirait seule à la chose. De son côté, Alexandra, heureuse de sa réussite, se promettait de ne pas en rester là. Elle se souvenait comment cela se développa chez Reine, croyant qu'elle n'avait commencé que depuis les vacances ; elle se jurait de suivre ses traces.

De l'entrée de Reine dans l'institution de Miss Sticker, où elle fut accueillie si froidement, à ce jour, Alexandra devint son amie la plus intime, celle qui se lia la première avec la Française, sympathisa avec elle, lui consacrant les instants libres où l'on s'autorisait quelques conversations entre camarades. Jamais il n'y eut allusion entre elles à la moindre perversité ; aussi éprouva-t-elle un très vif étonnement quand, un après-midi où elles se trouvaient Lisbeth, Reine et elle dans une allée du parc, Reine assise sur un talus, elle vit celle-ci, alors que Lisbeth posait le pied sur son genou pour qu'elle lui boutonnât sa bottine, elle vit Reine lui glisser la main sous les jupes, et entendit Lisbeth toute rouge demander :

— Que fais-tu là, Reine ?

— Ne sois pas niaise, et laisse-moi agir. May, Alexandra, surveillez si on vient.

Lisbeth ne tenait pas du tout à être une niaise ; elle céda à la pression de Reine l'attirant pardessus elle, pour lui ouvrir le pantalon et l'embrasser sur les cuisses, sur le conin. Elle ne protesta pas, la chose lui plaisait.

— Personne ne vient, May ?

— Non, Lisbeth. Pourquoi Reine est-elle sous tes jupes ?

— Chut, regarde.

Lisbeth se retroussa, May, ainsi qu'Alexandra, aperçurent Reine le visage entre ses cuisses, la léchant et la suçant.

— Oh ! que c'est agréable, murmurait la caressée.

— Oui, je le sais, dit May, quand j'étais petite, un de mes frères me léchait le derrière, et ce que ça m'amusait ! Tu me le lécheras, Reine.

— Je le veux bien, à ton tour, viens vite.

Lisbeth abandonna avec regret sa place, et May présenta ses jeunes fesses, mignonnes et joliettes, que Reine lécha très consciencieusement, à son très grand contentement ; le plaisir demeura si vif que maintes fois, les deux fillettes, dans la suite réclamèrent ses bons offices.

Alexandra, l'amie intime, fut la seule exclue de cette petite fête. On ne pouvait pas s'attarder, elle n'osa pas solliciter, et

Reine, par une singulière pudeur, ne lui proposa pas.

Les relations s'établirent ainsi avec Lisbeth et May, puis avec Eva et une autre ; Alexandra, elle, l'amie de Reine, demeurait à l'écart des heureuses qu'elle conviait à son gamahuchage, alors qu'il devenait évident que la Française cherchait à en gougnotter le plus possible. Elle n'y tint plus, elle lui écrivit timidement, Reine lui répondit de vive voix :

— Je ne te l'ai pas proposé, ma chérie, parce que j'ai dans l'idée que si je l'avais fait, nous aurions cessé d'être de bonnes amies. Attends encore, je tiens à ce qu'il soit bien entendu entre nous que c'est toi qui l'auras voulu ; tu me comprendras.

Elle écrivit des lettres empreintes d'une passion ardente, et Reine lui dit enfin :

— Je le désire autant que toi ; écoute, quand je reviendrai de ma leçon d'équitation, marque-moi que tu le veux toujours ; sois sans pantalon, et je te ferai jouir, parce que je t'aimerai encore plus que les autres.

Cela s'était exécuté, et leur amitié, reléguée au second plan, il semblait qu'elle prenait rang parmi les coureuses accaparant Reine, rien que pour sa cochonnerie. Celle-ci laissa surprendre sa lettre, la division se jeta entre elles deux. Ayant goûté à la douceur de ces caresses, les ayant rendues à Reine la nuit où elle la rejoignit dans sa chambre, elle se réveilla gougnotte comme son amie, et visa de suite à obtenir l'attention de Miss Grégor. Elle avait réussi. Cette première rencontre fut bientôt accompagnée de quelques autres, et c'est sur les conseils de la sous-maîtresse qu'elle adopta le genre de coiffure opposé à celui choisi par Reine.

Miss Grégor la changea de place, ne voulant pas avoir ses deux petites amies à côté l'une de l'autre. Fit-elle bien, fit-elle mal ? Le sait-on jamais !

5

Reine travaillait avec ardeur dans cette fin de journée heureuse, où elle avait goûté tant de plaisir, et ou elle en goûterait encore par la visite nocturne de l'époux. Sa réconciliation avec Alexandra était-elle bien sincère et durable ? La polissonnerie qui l'avait décidée pouvait la rompre. Elle entrevoyait de sa place, chaque fois qu'elle levait les yeux de ses cahiers, son amie trahissant quelques signes d'impatience. Elle ne s'en préoccupait pas, toute à ses devoirs et à ses rêveries. Miss Grégor ne tenait pas non plus assise à sa table ; elle tournait autour de son étude, sortait, revenait, se rasseyait, se relevait. May, sans quitter des yeux ses livres, lui souffla :

— Miss Grégor a certainement le diable quelque part ! Elle te regarde, et tu n'y fais pas attention. Elle regarde Alexandra qui en est toute embarrassée.

Reine tressauta ; on lui rappelait son principal grief contre son amie. Miss Grégor, en ce moment, franchissait de nouveau la porte pour aller vers le vestibule. Elle se pencha vers Alexandra et lui demanda :

— Qu'as-tu ainsi à t'agiter comme une carpe sur le gril ?

— Rien, rien.

On entendit la porte du vestibule donnant sur les jardins, qui se refermait.

— Miss Grégor cherche à se rafraîchir, dit Eva ; notre sous-maîtresse est en chaleur. À qui la palme ? Elle te reluque,

Reine, mais elle reluque aussi Alexandra.

— Je ne veux pas que tu lui fasses quoi que ce soit, tu entends, Alexandra !

— Alors, fais-le-lui. Deux fois, elle m'a adressé un signe.

— Vous êtes donc d'accord depuis longtemps ?

— Ne le crois pas. Depuis ta punition seulement. Je ne l'ai pas caché, et je te l'aurais avoué si tu ne m'avais pas boudée à ton retour.

— Tu marches bien pour une Anglaise !

— Pas aussi bien qu'on ne marche en France !

— Vous n'allez pas vous disputer, intervint Eva. Voilà Miss qui revient du jardin.

— Je m'en désintéresse, dit Reine, avec humeur.

— Dans ce cas, je lui répondrai, fit Alexandra.

— À une condition, ma chère ; mais elle ne rentre pas dans l'étude.

— Elle se promène dans le vestibule.

— Quelle condition, Reine ?

— Que tu le lui feras ici même, comme ça m'est arrivé, et que tu me laisseras lui dire deux mots, lorsque tu seras en train, sans t'en formaliser.

— Elle ne le voudra pas dans l'étude, du moins avec moi.

— Oh ! que si ; elle est en chaleur.

Par ces mots, Reine, en apparence, lâchait la sous-maîtresse.

— Elle revient, dit Lisbeth.

Miss Grégor entra en effet, mais cette fois, elle vint s'asseoir près de Reine.

— Je suis contente de vous, ma mignonne, dit-elle, vous

travaillez avec beaucoup d'attention.

— Je rattrape le temps perdu.

— Petit mauvais sujet !

Il y eut un moment de silence, puis Miss Grégor reprit :

— Cette jolie tête ne nourrit plus de folichonneries, malgré ses cheveux a l'esbroufe ?

— Ils ne vous captivent pas, miss, vos yeux ne quittent pas Alexandra.

L'observation trahissait du dépit, Miss Grégor prit la main de la fillette, et murmura :

— Je te regarde toujours, ma petite Reine.

À son tour, Alexandra se tortillait pour voir ce qui se passait derrière elle ; Miss Grégor s'en aperçut, et lui demanda :

— Qu'avez-vous donc ?

— La chaleur m'étouffe, j'aurais besoin de prendre l'air.

— Je vous autorise à aller une seconde à la porte du jardin.

Mais Miss Grégor se levait et se disposait à la suivre.

— Ne vous gênez pas, miss, dit Reine, il n'est pas nécessaire qu'elle sorte pour calmer son étouffement, ni vous de l'accompagner pour calmer votre agitation ; appelez-la par ici, elle sera toute heureuse, en constatant combien nous sommes sages.

— Reine, vous êtes toujours agressive.

— Ma foi non ! Alexandra, dit-elle à haute voix, plongeant la sous-maîtresse dans la stupeur devant une telle audace, viens donc ici, tu étoufferas moins.

— Vous finirez par me faire chasser avec toutes vos libertés.

— Ne le craignez pas, Miss Grégor, on vous aime trop. Tenez, voici Alexandra qui obéit.

La curiosité piquait toutes les élèves ; elles devinaient que la Française mijotait quelque chose de très fort ; en effet, elles la virent se lever, se placer debout à côté d'Alexandra, et dire :

— J'étais jalouse, tout se sait. Miss Grégor, vous comprenez ce que je veux dire, choisissez.

— Reine !

— Bah, ne vous troublez pas ; toutes ici savent que nous partageons vos bonnes grâces ; les désirs vous tourmentent, allez-y, et si vous ne voulez pas choisir, mettez-en une par devant et l'autre par-derrière.

— Retournez à votre pupitre, miss Alexandra, et taisez-vous miss Reine, vous êtes une sotte.

— Comme il vous plaira. Obéit, Alexandra.

Quel toupet, cette Reine ! Alexandra obéissait, et Miss Grégor se retirait en toute hâte à sa table-bureau, où on l'entendit froisser du papier avec dépit ; puis, tout à coup, elle dit :

— Je suis très mécontente des licences que vous vous octroyez, miss de Glady, il me devient réellement impossible de continuer à assumer la direction de cette étude ; dès ce soir je prierai Miss Sticker de me remplacer.

— Oh ! pour cela non, répliqua Reine se levant d'un seul bond et s'élançant auprès de la sous-maîtresse ; nous tenons à vous, et nous vous garderons. Pardonnez-moi si j'ai été trop loin.

Elle s'agenouilla gentiment, et ajouta :

— Je ne pensais pas vous blesser.

Les yeux de Miss Grégor se portèrent sur cette maligne créature ; elle l'admira dans sa pose gracieuse, dans l'expression fine et délurée de ses traits. La fièvre reprenait le dessus ; elle ne répondit rien et s'adossa à son fauteuil pour voir ce que ferait la fillette.

Reine ne s'embarrassait pas, elle lui passait la main sous les jupes, et, n'étant pas repoussée, elle les ramena sur l'estomac, découvrant le con, le minet, sur lequel elle appliqua un gros baiser, et appela :

— Alexandra !

Miss Grégor voulait rabattre les jupes, resserrer les cuisses, Reine avait de la résolution et de la force, elle murmura :

— Laissez-vous donc faire, on s'aimera avec Alexandra en vos chairs.

— Ah ! faites ce que vous voulez, pourvu qu'on ne nous surprenne pas.

Alexandra, comprenant qu'elle pouvait s'avancer, arrivait sans plus de retard, et Reine, renouvelant la manœuvre de la salle de conférences, la plaçait à cheval par-dessus les cuisses de Miss Grégor, l'obligeait à se retrousser, ayant ainsi son cul au-dessus de la tête, le con de la sous-maîtresse en face de son visage ; elle lécha l'un et l'autre avec ardeur, branlant parfois les deux clitoris, amenant enfin à la décharge chez toutes les deux. Alexandra s'allongea dans les bras de Miss Grégor qui s'ouvraient pour la recevoir, tout en se pâmant, et en la pigeonnant.

Cette double ration de foutre ne déplaisait pas à Reine ; elle continuait à sucer ; elle ne s'arrêta que lorsque les chairs d'Alexandra tout à fait collées sur celles de Miss Grégor, ne lui permirent plus le jeu de ses lèvres et de sa langue. Elle se releva pour retourner à sa place, et dit :

— Je vous ai prouvé que je n'étais jalouse, jouissez maintenant ensemble, si vous n'en avez pas assez.

Miss Grégor perdait toute conscience ; elle ne cessait de se pigeonner avec Alexandra, une main appuyée sur ses fesses découvertes aux yeux de toute l'étude, contemplant le doigt fureteur qu'elle lui introduisait dans le trou du cul.

— Ça ne te donne pas des idées ? dit Reine à May, en lui montrant le spectacle.

— Oh ! oui, lèche-moi, puisque tu es si gentille !

— À une condition, ma chère, tu as déjà branlé plusieurs fois Eva, je veux, moi, que tu me baises le cul devant toutes ; tiens, le voilà.

— Très volontiers, il est assez beau pour que je le remercie une fois en passant de toutes les langues que tu as faites sur le mien.

Pour la première fois, May s'agenouillant saisissait les fesses de Reine de ses deux mains, les embrassait avec passion, envoyant un bon coup de langue dans toute la fente, où elle déclara trouver une saveur particulière qui la remuait des pieds à la tête.

— À toi, dit Reine, sors-le de ton pantalon.

Les deux pommes de May rapidement à l'air attirèrent les lèvres de l'infatigable Française : elle les régala des suçons qu'elles aimaient tant ; dans l'étude se répandait une agitation fébrile ; les plus froides s'animaient, on ne levait pourtant pas les yeux des deux couples ; May soutenait ses jupes, Reine se cramponnait à ses cuisses pour convier le cul à bien se poser sur son nez et sur sa bouche ; Miss Grégor entourait la taille d'Alexandra de ses cuisses, celle-ci se mourait de plaisir la tête sur ses seins. Une dernière caresse les sépara, sur un regard de la sous-maîtresse, la fillette retourna à son pupitre. Reine et May l'imitèrent. Miss Grégor ayant déchargé se trouvait plus calme ; tout rentra dans l'ordre naturel ; il n'y eut un voile de tristesse qu'au moment du coucher où Reine, quittant ses compagnes, se dirigea vers sa nouvelle chambre.

Enfin, enfin, elle était chez elle, cette vicieuse fillette, chez elle, où elle attendait l'époux. Elle ne sacrifiait aucun de ses goûts, mais elle aspirait à ce plaisir âcre que lui apportait Miss Sticker, elle aspirait à une seconde épreuve de l'enculage subi dans l'après-midi.

Elle se déshabillait prestement pour être prête ; elle accomplissait sa toilette avec un soin plus méticuleux que d'habitude ; elle se poudrait, se parfumait comme une coquette de profession ; il fallait être vraiment l'épouse, afin de jouir d'une partie de l'autorité de l'époux. Elle se féminisait, et elle ne doutait pas de ses jeunes séductions pour engluer cette femme, non cet homme qui, sous le costume féminin, dirigeait cette importante maison d'instruction. Comment cela avait-il pu se produire ? Elle y réfléchissait et nue, sans sa chemise de nuit, elle s'examinait dans l'armoire à glace, palpait ses cuisses qui accusaient la vigueur et la soif de l'amour, considérait ses jambes et ses mollets, reportait les regards sur son minet, sur son conin, se tournait pour apercevoir l'ampleur de ses fesses et s'arrêtait avec complaisance sur les embryons de nénés qui s'échappaient encore hésitants de leur nid intérieur pour tâcher d'acquérir promptement leur divine perfection. Elle s'admirait sans fausse modestie. Elle avait contemplé nombre de sexualités de femmes et de fillettes, elle en voyait tous les jours, elle les aimait, cela n'empêchait qu'elle se déclarait très gentille et créée pour plaire. Oui, elle plaisait, puisque dans toute son institution, Miss Sticker la distinguait, s'adressant à elle, l'élisait au rang d'épouse. Elle se délectait à ce titre inattendu, elle cherchait à se rappeler l'image des organes mâles à peine entrevus, elle se réjouissait à l'idée qu'elle les verrait de plus près, qu'elle s'en servirait pour sa félicité comme elle se servait du conin, du cul de ses amies ! Elle tardait bien à venir, Miss Sticker ! Elle revêtit sa chemise de nuit et décida de se coucher pour la recevoir au lit. Elle ne s'effrayait en rien du mystère des sexes, dont la révélation s'avérait prochaine. Avait-elle trop fatigué ? Le lit engourdit ses facultés, malgré elle le vague enveloppait peu à peu son esprit, le sommeil la saisit, elle s'endormit.

Elle s'éveilla en sursaut au bruit de sa porte qui se refermait. Onze heures sonnaient. Miss Sticker apparaissait. De suite elle sauta au bas du lit et se jeta dans ses bras.

— J'avais peur de ne pas vous voir.

— Tu dormais, ma chère petite, et tu avais raison. Nous

devons nous entourer de beaucoup de précautions.

— N'êtes-vous pas la maîtresse souveraine ?

— Pas pour cela. Des considérations s'imposent, tu le comprendras peu à peu ! Tu es bien gentille de me recevoir avec une telle tendresse !

— Je vous aime vraiment.

— Tu m'aimes ! Tu n'as donc pas peur de mon secret ?

— Oh ! non, au contraire.

Elles s'étaient assises à côté l'une de l'autre sur le bord du lit, Miss Sticker dans sa sévère robe noire, Reine dans sa chemise de nuit défaite sous le cou.

La directrice l'enlaça, l'attira, lui farfouilla la nuque, la gorge d'un long baiser, et murmura :

— Maintenant que tu sais ce qu'il en est, veux-tu essayer de me faire jouir ainsi que tu le proposais ?

Reine tressaillit, rougit sous une subite pudeur, mais n'hésita pas et répondit :

— Vous voulez que je vous caresse sous les jupes, je ne demande pas mieux, Jean, ce me sera moins facile que lorsque je vous croyais une femme.

— Essaye, je te guiderai : si je sens la jouissance arriver, je t'arrêterai pour jouir comme cet après-midi, seras-tu heureuse ?

— Oh ! oui, sur moi je sens que vous me domptez, que vous êtes mon maître bien-aimé.

Miss Sticker relevait ses jupes ; Reine s'agenouillait devant elle, et apercevait sa queue toute endormie et toute mièvre, reposant mollasse sur les couilles. Miss tremblait que la fillette ne s'étonnât et ne se dégoutât d'une telle mincerie ; aussi éprouva-telle une joie immense en l'entendant s'écrier :

— Que c'est joli ! On jurerait d'un petit amour qui dort !

Elle avait été enculée, et ne réfléchissait pas que cette flasquerie n'eût pu consommer l'acte. Il faut cependant le reconnaître, les couilles de Miss Sticker représentaient bien un moelleux coussin pour le membrinet qui reposait sur elles.

Reine y porta la main ; un feu violent circulait dans ses veines ; elle ne s'épouvantait pas, ses yeux étudiaient la différence du sexe, ses doigts s'enhardissaient, furetaient les poils bruns du bas-ventre assez fournis ; elle approchait le visage, aspirant avec émotion la senteur vive de l'homme et sa peau brûlante ; elle échauffait la quéquette, dont elle s'emparait avec une assurance de plus en plus marquée, murmurant :

— Jean, Jean, une femme n'ayant pas ça, je sais la faire jouir en la léchant, en la suçant.

— En la suçant ! L'œuvre est bien plus facile là dessus, ouvre ta petite bouche, et recueille-la.

— Oui, oui, voilà une bonne idée !

Elle approcha ses lèvres et happa la quéquette ; elle l'attira dans sa bouche, essayant d'y enfermer aussi les couilles ; stupéfiée, elle sentit le vit qui s'allongeait et durcissait. Elle le sortit pour l'examiner, il ne voulait plus dormir sur ses coussins, il se révoltait, se redressait, se tenait tout droit, gonflé et irrité comme un jeune coq. Elle le caressa de la main, le remit dans sa bouche, et constata que les couilles aussi se renforçaient. Le phénomène l'intéressait et provoquait chez elle un chatouillement très agréable à son épiderme sensuel. Elle s'excitait, ouvrait et refermait la bouche pour le faire courir sur ses lèvres, il gagnait encore en volume. Miss Sticker suspendit ses expériences, et lui dit :

— Quitte ta chemise et couche-toi ; je vais me déshabiller et te rejoindre.

— Vous allez me l'enfoncer comme tantôt ?

— Pas tout de suite.

Reine rejeta sa chemise et s'étendit sur son lit, assistant avec une grande curiosité au déshabillage complet de Miss Sticker. Celle-ci procédait avec ordre et méthode ; la robe, les jupons, la chemise se disputaient le fauteuil ; elle était toute nue ! Elle ! Non, le mot « elle » ne convenait plus, « il » plutôt s'imposait ! Déchaussée, la perruque féminine qui complétait le personnage se retirait, pour montrer les courts cheveux d'un homme à la peau blanche et aux membres dignes de son sexe ; Miss Sticker devenait bien Jean Sticker ; l'époux pouvait s'étendre à côté de l'épouse, quoique dans le court moment consacré au dévêtissement, le petit machin se fût rendormi sur les couilles. Reine avait-elle bien le temps de penser ? Jean se couchait près d'elle, sa chair approchait la sienne ; il la retournait afin de l'enlacer par derrière, elle se prêtait à son impulsion, appuyait bien les fesses, à portée du petit dard qui les menaçait ; Jean lui entourant le corps de ses bras longs et forts, elle murmura :

— Ah, Jean, que vous avez de longs bras !

— C'est pour mieux te tenir, mon enfant !

Elle sourit, tourna le visage pour envoyer un baiser, vit ses yeux qui brillaient comme du feu, elle reprit ;

— Jean, Jean, vos yeux luisent comme des lumières !

— C'est pour mieux te voir, pour mieux t'adorer.

Elle fit volte-face pour l'embrasser en jetant les bras autour de son cou, comme il les tenait autour du sien, elle s'écria en riant :

— Vos lèvres, Jean, sont grasses et gourmandes !

— C'est pour mieux te baiser, t'avaler.

— Je suis donc votre petit chaperon rouge, et vous êtes le loup.

— Le loup, c'est ce qui jouit.

— Le doigt que vous avez dans les cuisses ! Comment l'appelez-vous ?

— Une queue, et les boules, des couilles.

— Ça s'allonge, ça s'allonge, Jean, et ça devient tout dur !

— C'est pour mieux te prendre ! Donne vite ton derrière.

— Le voilà, amusez-vous-en bien, mon chéri, plus vous serez heureux, davantage je le serai.

La queue allait et venait dans la fente, elle cherchait l'orifice et elle le trouvait ; une simple poussée suffit pour franchir le trou du cul, Reine n'eut qu'un léger tressaut à cette invasion ; elle ne recula pas et approcha les fesses, elle fut enculée jusqu'à la base de la queue.

Jean s'empara d'une de ses mains, la guida vers son ventre et dit :

— Ton derrière a mangé toute ma queue, vois.

Reine palpa au trou du cul, et répondit :

— Elle est bien où elle se trouve, laissez-la longtemps, je vous en prie.

— Elle glisse dehors.

— Repoussez-la dedans.

Un coup de reins et la queue redisparut.

— Ah, Jean, Jean, est-ce ainsi que l'on devient époux et épouse ?

— Il lui toucha le conin, et répondit :

— Tu sais bien, chère curieuse, que c'est enlevant le pucelage à ce divin paradis qu'on peut l'être complètement.

— Vous me l'enlèverez ?

— Quand tu auras quinze ans.

— Je voudrais que ce fût ce mois-ci.

Une grosse caresse de Jean sur sa nuque la remercia de l'exclamation ; mais la queue commençait ses manœuvres d'aller et retour, et intuitivement elle comprit que la jouissance approchant l'incitait à ce jeu ; elle fit marcher ses fesses en savante consommée, et le sperme de nouveau jaillit dans ses entrailles.

— Ah, ah, ah, soupira-t-elle, que c'est vite fini, je n'ai pas eu le temps de jouir comme dans cet après-midi.

— On recommencera dans une petite demi-heure ; viens dans mes bras, que nous causions en nous caressant.

— Quel bonheur, vous ne me quittez pas encore !

Elle le pigeonna avec ardeur, le pelotant pour bien le connaître dans sa virilité, vibrant sous les baisers qu'il lui prodiguait, empruntant de plus en plus des manières et des gestes de femme, lui demandant tout à coup :

— Dites, Jean, avez-vous eu d'autres épouses, et en avez-vous encore ?

— Enfant, répondit-il, lorsque tu auras plus d'expérience, tu saisiras que tu ne peux pas être jalouse, et que l'épouse choisie est toujours seule à l'être.

— Mais avant moi ?

— Curieuse ! Plus tard, je te l'apprendrai, il me revient plutôt de te questionner sur tes débuts avec ta cousine.

— Oh, c'est bien oublié, ça ! Combien avant moi, Jean ?

— Tu appartiens bien à ton sexe, même étant encore une enfant !

— Je suis l'épouse, je cesse d'être une enfant ! Parlez, Jean, et vous verrez comme je vous ferai bien jouir.

— Petite coquine, qui t'enseigne ce jeu ?

— Personne autre que vous ! Je sais toucher les bons endroits, embrasser, caresser ; la gentille queue gonfle, elle voudra tout à l'heure mon derrière. Quel rang d'épouse ?

Elle mignardait, asticotait, pressait Jean ; ses baisers se multipliaient, elle découvrait tout son caractère lascif, elle prenait le dessus, il répondit :

— Tu es la troisième.

— Depuis quand ?

— Depuis toujours.

— Rien que deux avant moi ! Je pense que Mauricette, celle qui s'en va, est l'une des deux ?

— Je subis un véritable interrogatoire, mademoiselle Reine, soit, je m'y soumets ; j'avoue Mauricette, et il y a bien près de trois ans que cela dure. Quant à la première, je lui dois d'avoir appris que j'étais un homme ; et avec celle-là, nous nous révélâmes mutuellement, dans notre innocence, à quoi tendait la différence des sexes au point de vue de la volupté. Sans sa présence, à l'heure voulue, près de ma personne, j'ignorerais peut-être que je suis un homme.

— Je la connais, dites ?

— Si je te la nomme, tu l'oublieras ?

— Je ne me la rappellerai que dans tes bras. Oh ! ta machinette est dure, enfonce-la moi bien vite.

Reine se familiarisait de plus en plus avec cette femme qui l'effrayait tant ; mais cette femme venait de démasquer son caractère masculin, et elle se posait en amant très épris de ses jeunes séductions. Puis son cul aimait décidément la manœuvre de la queue ; il fut enfilé une fois de plus ; les secousses spasmodiques agitèrent ces deux êtres si différents d'âge et de caractère ; la fillette acquérait de la sûreté dans l'acte, accélérant ou ralentissant le mouvement des fesses, suivant qu'elle sentait la fougue annoncer l'éjaculation ou une faiblesse la retarder, et elle eut gain de cause, Jean Sticker jouit encore.

Le plaisir goûté, Jean afficha la pensée de redevenir Miss Sticker et de se retirer ; Reine l'entortilla si bien des bras et des jambes qu'elle le retint, et lui arracha sa confession.

Quand il vint au monde, il ne présentait rien de l'homme, et on l'enregistra comme étant du sexe féminin. Des années passèrent et il resta fille. Cependant les couilles peu à peu se formèrent et un embryon de vit. À ses dix ans, il en parla à sa mère, qui ne le dissuada pas de sa conviction d'être une fille. On continua à le considérer, à le traiter comme tel, et il vécut comme tel. Le vit, du reste, ne se développait pas, et il n'éprouvait aucun appétit sensuel. La seule chose qui l'étonnait consistait dans les précautions que prenait sa mère à l'écarter de toute liaison avec ses compagnes, à le garder sous sa tutelle absolue. Elle lui inculqua ainsi ses idées de sévérité et de gravité. Il avait vingt-huit ans lorsqu'elle lui céda la direction de sa maison, dans la quasi-certitude que jamais le sexe n'existerait pour lui. Or elle commit la faute de lui adjoindre comme secrétaire et professeur d'une classe sa sœur Gertrie, une très belle fille alors de vingt ans.

Les deux sœurs se virent fréquemment, ce qui ne se produisait pas du temps où leur mère dirigeait l'Institution, et se voyant, vécurent en grande intimité. Il arriva qu'un soir d'été, dans un travail de notes à collationner, la chaleur les suffoquant, Jenny et Gertrie se mirent à l'aise, en petit jupon, et la chemise ouverte.

Gertrie possédait une jolie paire de nichons ; Miss Sticker (Jeanny) les regardait avec tant d'insistance qu'elle finit par s'en apercevoir, et qu'en riant elle lui demanda si elle n'en avait pas vu d'autres, et si elle-même était construite autrement que les autres.

— Je n'ai pas de seins, répondit gravement Miss Sticker, et ainsi que tu peux le juger, mes épaules diffèrent des tiennes.

Gertrie la considéra avec attention, et, malgré la longueur

actuelle des cheveux, malgré les manières efféminées, elle pressentit chez sa sœur un mystère qui l'émut à son tour, et elle s'écria :

— Pourquoi en aurais-je, et pourquoi n'en aurais-tu pas ?

Sa voix tremblait ; les yeux de Miss Sticker persistant à contempler ses seins, une émotion étrange la saisissait, elle reprit :

— Mais qu'as-tu donc ?

— De voir tes seins, cela me cause une révolution extraordinaire ; j'ai la machine que nous devons cacher à tous les regards, en train de s'agiter au point de me faire mal, et je me sens incapable d'observer plus longtemps une posture convenable et modeste, il faut que je m'assure de ce qui se passe sous mon jupon.

— Qui s'agite, Jeanny, serait-il possible ? Montre, que nous nous rendions compte.

Miss Sticker se retroussa, et Gertrie devint toute pâle en constatant que sa sœur se trouvait être un homme.

— N'es-tu pas faite comme moi, Gertrie ?

Elle ne savait que répondre ; elle prit le parti le plus sage, celui de comparer les différences, et elle se retroussa aussi.

Quand Miss Sticker aperçut le con, le minet, le ventre et les fesses de sa sœur, une agitation encore plus vive s'empara de son membre qui s'éveillait ; il ne grossissait pas, comme il le fit plus tard, il se relevait et se durcissait sur la longueur d'un doigt ordinaire.

Les jupes des deux sœurs retombèrent, elles ne pensaient

plus au travail.

— Jeanny, le mystère est simple, dit Gertrie ; tu es un homme, et moi je suis une femme. La vue de mes seins a excité ton sexe qui dormait. Qu'allons-nous devenir ?

— Nous continuerons ce qui est. Je reste Miss Sticker la directrice ; cela s'impose pour le monde, pour la loi.

— Mais, pauvre malheureuse, je connais assez la vie pour juger que ton sexe ayant vibré à la vue de mes seins, il peut aussi vibrer pour nos maîtresses, pour nos élèves !

— Dans ce cas nous sommes perdues. Que faire ?

Elles s'interrogeaient des yeux, et Miss Sticker souffrait d'une douleur immense et agréable à la fois, où il lui semblait que son sexe voulait s'élancer, fuir ; elle se sentait prête à commettre toutes sortes de sottises, entre autre celle de sauter sur Gertrie, pour la découvrir dans toute sa nudité, pour la caresser, se vautrer sur elle sur le tapis.

— Jeanny, murmura celle-ci, tes yeux s'égarent.

— Il s'accomplit dans mon être de terribles choses, Gertrie, je souffre comme un damné, et toi seule peut me calmer.

— Parle, parle vite.

— Je veux revoir tes chairs, je veux les palper, je veux y frotter ce qui me fait souffrir, ce sera comme un baume merveilleux.

— De tout mon cœur, tiens, tiens, regarde, touche, frotte-toi, je ne veux pas que tu souffres ; approche ton machin de ma chair si ça doit le soulager, nous travaillerons après.

Dans ce dévouement bien féminin, Gertrie se retroussait aussi haut que possible, chose facile avec le peu de vêtements conservés à cause de la chaleur, et livrait ses chairs au pelotage de Jeanny ; sur son désir, elle s'assit sur sa queue, les fesses nues, pressant de temps en temps le membre, et soudain la décharge survint qui mouilla toutes ses parties charnues, et qui, chose non moins bizarre, amena une humidité à son con.

Miss Sticker, ayant déchargé, la retenait encore enserrée de ses bras. Elles n'échangeaient pas de baisers ; peu à peu elles se sentirent plus calmes, elles surmontèrent leur trouble et reprirent leur travail. Telle fut la première manifestation du plaisir sexuel. Deux mois seulement après naquirent les symptômes du désir.

Gertrie venait de se coucher, lorsque sa sœur pénétra dans sa chambre. Son apparition suffit pour la renseigner sur ce qui l'amenait ; elle alla au-devant de la demande.

— Couche-toi à mon côté, dit-elle, et tâchons de nous satisfaire toutes les deux de la différence de nos sexes. Ce n'est pas moi qui te trahirai. Nous sommes pour nous soutenir et éviter les ennuis qu'attirerait une rectification d'état-civil ; tu me trouveras toujours à ta disposition.

Miss Sticker, enchantée de la décision de Gertrie, ne se fit pas répéter l'invitation ; elle fut promptement dans le lit. Cette fois les curiosités et les caresses s'ajoutèrent au programme. La queue acquit de la consistance et de la vigueur, elle perdit son pucelage dans le cul de Gertrie, celle-ci ne voulant pas s'exposer à une grossesse.

Et les relations durèrent deux ans, s'espaçant de deux mois

en deux mois, quelques fois de trois en trois, jusqu'au jour où Gertrie épousa sir Warlag, tranquillisée sur sa sœur, l'assurant qu'elle partie, aucune femme ne l'intéresserait.

Avec un petit air sérieux et entendu, Reine entendit cette confession, sans l'interrompre. Sitôt qu'elle fut terminée, elle dit :

— Vous avez bien fait de me parler, Jean, cela me donne confiance dans votre parole de me traiter en épouse, et je serai pour vous une vraie femme, toutes les fois que vous en aurez envie.

— Merci, ma chère mignonne ; maintenant il te faut dormir ; demain le martinet t'attend.

— Ah oui, le martinet, c'est vous qui l'appliquerez à mon derrière ! Je n'en ai plus peur.

6

Qui pouvait soupçonner une pareille aventure ? Miss Sticker satisfaisant ses sens avec sa sœur d'abord, Mauricette ensuite, Reine enfin, demeurait l'impeccable et sévère directrice de l'Institution, devant qui tout tremblait, maîtresses et élèves. Aurait-on pu l'accuser de partialité, de favoritisme, alors que Mauricette, durant son concubinage, n'évita pas un des châtiments édictés pour les corrections ; alors que Reine, séparée de ses compagnes, fut, à la première heure du matin, conduite à la salle de méditation, pour y réfléchir pendant deux heures à son cas, comme cela lui arriva la première année de son internat. Miss Sticker apparaissait l'inflexibilité en personne, nul ne soupçonnait son sexe, personne ne lui connaissait de faiblesses humaines ; préservée des passions et des désirs malsains par la haute mission à laquelle elle se vouait, qui se serait levé pour l'accuser de saphisme… ou de sodomie ?

On enferma Reine dans la salle de méditation ! Que de choses depuis la punition encourue pour avoir chanté dans sa chambre ! Reportant sa pensée sur les jours vécus chez Miss Sticker, elle ne pouvait plus évoquer les motifs de la faute commise, et celle-ci ; du reste, n'était-elle pas déjà hors de cause par sa réconciliation avec Alexandra ? Penser aux erreurs, lorsqu'on était la gougnotte de sa sous-maîtresse et depuis la veille l'enculée de la directrice, qui vous proclamait sa petite épouse !

Oh ! non, elle ne méditait pas comme dans le temps passé, non, non, elle ne s'épouvantait plus à cette inscription monotone : *Par le Fouet et par les Verges,* elle en souriait plutôt, car, ainsi que l'avait prédit Miss Grégor, elle prenait goût à la flagellation.

Depuis qu'elle avait subi l'épreuve du chevalet, tous les moyens coercitifs lui semblaient bénins ; elle ne voyait que la main qui fouettait ou qui tenait l'instrument du supplice, elle ne s'arrêtait pas à la cuisson des premiers coups, elle savait que l'épiderme s'y habituait, que ces coups se transformaient en caresses, poussant le foutre à se précipiter au dehors.

Loin de s'attrister, ses idées s'égayaient aux mille tableaux licencieux qu'éveillait l'approche de la correction. Ah ! que de sexualités elle connaissait dans la maison, depuis le derrière de sa maîtresse de classe jusqu'au con si beau de Rosine, sans oublier le cul de toutes ses compagnes, et elle s'excitait en se remémorant la première séance où elle frappa avec le fouet les fesses de Miss Grégor, comme elle allait encore le faire avec les verges.

Quel chemin parcouru en si peu de mois, et comme elle sut bien tirer parti de son goût pour les cochonneries, entraînant d'abord Lisbeth et May à ses fantaisies dans les jardins, puis Eva et les autres dans la salle d'études, formant deux clans distincts, avant de les confondre, pour mieux assurer ses caprices de luxure !

Par le fouet et par les verges, quelle sage méthode d'éducation, et qu'elle se réjouissait d'avoir été mise en pension en Angleterre ! Jamais en France elle n'eût rencontré un terrain mieux préparé pour l'éclosion de ses vices.

Les deux heures s'écoulèrent sous le flot des riantes et luxurieuses images qui la berçaient. Miss Sticker et Miss Grégor apparurent. Jean ne se laissait plus deviner dans la personne de la directrice.

— Avez-vous médité, miss Reine ? demanda-t-elle comme la première fois.

— Oui, madame la directrice, j'ai médité ; je reconnais avoir mérité ma punition et je m'y soumets.

— Bien, bien, levez vos jupes et quittez votre pantalon.

Reine se retroussa avec lenteur, dans la malicieuse intention de jouer de ses yeux sur la directrice et sur Miss Grégor. La directrice conserva son impassibilité, Miss Grégor ferma les yeux ; le pantalon roula aux pieds de la fillette, d'où elle le sortit.

— Approchez, miss, que j'arrange vos jupes.

— Oui, madame la directrice.

Reine tourna le dos à Miss Sticker qui, quittant sa chaise, lui épingla ses vêtements aux épaules. Elle se rassit ensuite et, immobile, l'espace d'une seconde, dévora des yeux ces jeunes fesses qu'elle dépucela et qu'elle allait maintenant fustiger. Sa voix résonna dure et sèche.

— Vous vous êtes bien promptement habituée à ces punitions, miss Reine !

— Le devoir d'une élève n'est-il pas de se soumettre ?

La friponne comprenait que Miss Sticker, revoyant ses fesses, se rappelait les scènes de la veille et, mue de diaboliques inspirations, elle les manœuvra, les déambulant de droite et de gauche, jouant en même temps une comédie du visage avec Miss Grégor, qui témoignait de son degré de fourberie galante ; ses regards énamourés caressaient la sous-maîtresse, et sa langue, glissant entre les lèvres, lui adressaient des baisers et des suçons.

Il était impossible de prolonger indéfiniment l'entracte. Miss Sticker porta les deux mains aux fesses de Reine, l'attira brusquement entre ses jambes, allongea une forte claque et dit :

— Miss Grégor, passez-moi donc le martinet.

— Voilà, Miss Sticker.

— Tenez-vous là pour empêcher la coupable de s'agiter.

Le bras de la directrice se leva, le martinet s'abattit sur le cul de Reine, mais en un coup mollasse qui surprit non seulement la patiente, mais aussi la sous-maîtresse.

Le second coup ne suivit pas de suite. Miss Sticker éprouvait le besoin de se justifier, et disait :

— Je n'ai pas encore rencontré de coupable aussi docile, cela mérite indulgence.

— En effet, Miss Sticker, voulut répondre Miss Grégor.

— Je ne vous demande pas votre avis, répliqua très durement la directrice. S'il y a une coupable chez cette enfant, pleine de bonne volonté, il y a une criminelle chez la sous-maîtresse qui par trois fois s'attira le châtiment à son sujet.

Le martinet se releva, quelques coups précipités cinglèrent les parties charnues de Reine, qui se convulsionnèrent et rougirent, sans qu'elle trahît la moindre faiblesse dans les jambes.

Un regard de la fouettée chercha celui de la fouetteuse, qui ordonna :

— Installez-vous sur le banc, Miss Grégor, votre tour va venir. Deux coups encore à miss Reine, et vous recevrez les verges de ma main.

Miss Grégor, sans un mot, enjamba le banc de punition, s'y renversa le buste en avant, ramassa ses jupes sur ses épaules, et offrit le spectacle de sa croupe nue aux regards concupiscents de Reine, et aussi de Miss Sticker qui, émue d'une violente poussée de luxure, tout comme si elle n'avait pas tiré trois coups dans la nuit, allongea le martinet d'une main moins sûre.

Reine s'apercevant que la sous-maîtresse ne pouvait rien voir, se rapprocha des jambes de la directrice, se tourna à demi de face, posa un doigt sur son clitoris, qu'elle avait découvert, et se l'agita, paraissant dédaigner le martinet.

— À vous, Miss Grégor, dit la directrice repoussant sa chaise et se redressant, je commencerai par une fouettée, parce que je suis vraiment mécontente de vous, une fouettée à pleines mains pour précéder les verges.

— Frappez-moi, battez-moi, Miss Sticker, mais de grâce pardonnez miss Reine ! Je suis en vérité la plus fautive.

— J'aime qu'une sous-maîtresse reconnaisse ses torts. Allons, assez de paroles, et recevez votre correction avec recueillement.

Miss Sticker s'était agenouillée près du banc, à hauteur du cul de Miss Grégor, pour mieux fesser. Reine, debout tout près, lui tendait les cuisses et son clitoris, et elle la branlait, sentant sa queue qui s'éveillait. Elle lança la première claque, sa main libre s'aplatissait sur le cul de la sous-maîtresse ; elle cessa de branler la fillette, qui se recula pour mieux jouir du tableau.

Ah, elle retrouvait bien là le cul si aimé et si désiré de Miss Grégor, avec ses rondeurs épaisses, ses hanches à la courbe gracieuse et séductrice, ses chairs d'un blanc de neige, laissant toujours entrevoir à l'entre-croisure des cuisses la vulve gonflée et amoureuse ! Ah, elle admirait avec un trouble croissant cette fente bien plantée où elle fourrageait, si volontiers de la langue et du nez ! Oui, elle l'appréciait, ce divin astre qui semblait lui sourire sous la flagellation qu'il endurait ! La main de Miss Sticker frappait une deuxième, une troisième fois, elle continuait à retentir, le cul atteint s'agitait, frémissait, se contorsionnait. Reine remit un doigt sur son bouton, sous la fièvre qui s'emparait de ses sens ; Miss Sticker lui demanda les verges pendues au mur, pour l'arracher à la tentation du plaisir solitaire, et ajouta :

— Qu'attendez-vous, miss Reine, pour faire retomber vos jupes et remettre votre pantalon ?

— Je ne puis détacher les épingles.

— Approchez, que je vous les retire.

Reine obéit ; elle céda à la pression de la directrice qui

l'obligeait à se ployer, elle eut plus de raison qu'elle, montra Miss Grégor qui semblait vouloir se relever du banc ; Miss Sticker détacha les épingles, les jupes retombèrent, la fillette se recula, ramassa son pantalon, et le plia au lieu de le revêtir.

Armée des verges, Miss Sticker en frappa à coups redoublés les fesses de Miss Grégor, qui se tortillèrent, se crispèrent, se soulevant et s'abaissant, dans ses mouvements désordonnés, découvrant les poils qui s'avançaient sous les cuisses, et bientôt, les coups crépitant, le cul se rougissant et même saignant à certains endroits, la sous-maîtresse poussa de petits cris, se trémoussa dans des poses de luxure plus que de souffrance, où l'on finit par la surprendre jouissant.

— Miss Reine, s'écria la directrice, sortez d'ici, montez à mon cabinet, et attendez-moi que je vous explique le motif des vilaines saletés de Miss Grégor.

— Oui, Miss Sticker, répondit la fillette très troublée et très agitée.

Elle sortit, son pantalon, sous le bras, et sans hésiter se rendit droit où on l'envoyait.

Miss Sticker avait recouvré toute son impassibilité ; les bras croisés, debout, elle assistait à la fin de la crise de Miss Grégor. Celle-ci, honteuse, n'osait plus remuer. Elle entendit la directrice qui lui disait :

— Relevez-vous donc.

Elle se souleva, et devant l'aspect froid et sévère de Miss Sticker, elle se jeta à ses genoux, pleurant, murmurant :

— Ayez pitié, pardonnez-moi, est-ce ma faute si la flagellation me produit cet effet ?

— Vous auriez dû penser aux chastes yeux qui vous regardaient.

— Pourquoi me fouetter devant une élève ?

— Vous êtes une impudique et effrontée créature.

— Chassez-moi. Qu'y puis-je ?

— Allez panser votre fessier. Je crains bien, Miss Grégor, que vos sens soient en trop grande ébullition pour ma maison. Nous examinerons cela à la fin de l'année. Allez, allez, retirez-vous.

6 (fin)

Si la sous-maîtresse, sortant de la salle, les traits défaits, le cœur angoissé, avait pu soupçonner ce qui se passait sous la robe de la directrice, quelle revanche elle en eût tirée ! Mais elle ignorait qu'un homme dirigeait sous ce costume les destins de l'Institution modèle ! Et cet homme, dont les sens assoupis ne réclamaient que de loin en loin une satisfaction rapide, se transformait depuis quelques jours au point de rentrer définitivement dans son sexe. Jamais il n'usa de miss Gertrie ou de Mauricette comme il venait de le faire de Reine. Loin de se calmer, sa queue à mesure qu'augmentait sa ration de baisage, se développait et cessait d'être invisible pour presque se doubler, même au repos. C'était à ne pas en croire ses yeux et sa raison. Quoi, avoir copieusement joui de cette petite Française, et en avoir encore envie, au point de ne pas calculer la portée des actes qu'on s'apprêtait à commettre !

Reine était montée au cabinet de Miss Sticker aussi résolument qu'elle fut allée se coucher dans son lit, si elle le lui avait commandé. Personne ne se trouva sur son chemin. Elle entra et s'assit dans le fauteuil, devant le bureau. Les tempes lui bourdonnaient. Elle avait vu jouir Miss Grégor et son sang affluant au cœur, elle se mourait sous la soif de luxure, souhaitant de la pousser aussi loin que possible. Elle pressentait que cette même soif tourmentait Miss Sticker, et il fallait que cette soif fût bien ardente pour qu'elle l'envoyât ainsi chez elle.

Oh ! que se passerait-il ? Des suçons et puis… l'enculage. Quel bonheur si cela durait longtemps, longtemps !

Miss Sticker apparut ; elle pénétrait avec beaucoup de précautions : elle referma la porte, verrouilla partout. Reine ne bougeait pas du fauteuil. Elle ne s'étonna pas, quand elle vit la terrible directrice à deux genoux devant elle, lui baisant les mains et disant :

— Je t'aime, je t'aime.

— Et moi aussi, je vous aime, répondit-elle. Prouvez-le-moi en me dépucelant.

Cela avait lui tout d'un coup dans son esprit. Elle comprenait que cet acte suprême seul la satisferait pleinement.

— Tu es trop jeune, murmura Miss Sticker.

— Je suis sûre que je puis être dépucelée, regardez-moi bien partout.

Ses jupes courtes ramenées à la ceinture, elle ouvrit les cuisses, palpa son conin, ses poils, son clitoris et, voyant que Miss Sticker approchait le visage, elle lui jeta les jambes autour du cou en disant :

— Il faut que je sois tout à fait ton épouse, plus que mistress Gertie, plus que Mauricette.

Elle tutoyait, elle n'avait plus peur de rien : la chaleur de son corps répondait à la fièvre qui consumait la directrice, enfouie dans ses chairs, les aspirant, y plaquant ses joues brûlantes ; le cour de toutes deux battait à l'unisson, et la petite Française devinait bien qu'elle dominait les sens de cette prétendue femme, objet de terreur pour toute la maison.

Les mains sous ses fesses, Miss Sticker, ou plutôt Jean Sticker, la baisait, la suçait, la dévorait de minettes : une joie folle exacerbait ses désirs. Celle-là était bien faite de cette chair vibrant sous les sensations et créant la puissance d'un amant.

— Dépucelle-moi, répéta Reine en minaudant.

Mais déjà sous le feu des caresses de jean, elle jouissait, et celui-ci léchait, avalait toute sa jouissance, sans pouvoir se décider à retirer de son cou ces jeunes cuisses dont il se servait comme d'un collier. Un silence très court succéda à cette effervescence, et elle renouvela, suppliant presque :

— Dépucelle-moi, je veux être ton épouse.

— N'oublieras-tu pas que je dois rester Miss Sticker ?

— Je n'oublierai rien et personne ne saura rien.

— Déshabille-toi.

— Toute nue ?

— Toute nue.

Debout, elle dégrafa son corsage, sa robe : Jean Sticker tremblait de tous ses membres. Avai-til conscience du crime qu'il allait consommer ? Une fillette confiée à la moralité de la femme qu'il représentait sous son sévère costume féminin de directrice, une étrangère amenée de France pour être lavée de sa souillure sexuelle, courait au sacrifice de sa virginité pour le contenter dans son besoin de rut. La responsabilité qu'il encourait pesait-elle sur son esprit ? Il ne raisonnait plus, il ne pouvait résister au désir qui l'emportait. Les vêtements tombaient, il les enlevait, et comme s'il se fût trouvé en présence d'une maîtresse vraiment femme, il happait les lambeaux de chairs qui apparaissaient, il glissait la tête sous la chemise et dévorait les fesses des mêmes caresses prodiguées au conin, au bouton.

Voyant la fougue qu'il apportait à se repaître de son cul, elle murmura avec une coquette gentillesse :

— Pas par là, le pucelage, il n'y est plus.

— Je deviens folle ! soupira Jean dans l'habitude du sexe qui la dissimulait.

— Je lève ma chemise ?

— Oui, et étends-toi sur ce divan.

— Et toi ?

— Moi, je vais veiller à ce que rien ne nous dérange.

Miss Sticker, traversant un petit salon, sortit sur la galerie qui desservait son appartement particulier, n'aperçut rien de suspect et retourna près de son amoureuse.

Alors, dévêtue en un rien de temps, de nouveau Jean Sticker, il se coucha à son tour sur le divan, attira Reine dans ses bras, la caressa, la pelota, tandis que, portant la main à sa queue, elle s'écriait :

— Oh ! ce que ça a grossi depuis hier ! Ça me causera-t-il du mal ?

— Tu ne souffriras pas, ma mignonne, une petite déchirure, pas même une écorchure, et ça y sera.

— Pas plus mal que par le derrière ?

— Peut-être moins.

— Commence vite.

Jean était en position entre ses cuisses ; Reine avait l'intuition des manœuvres de la volupté, elle approchait d'elle-même le conin à la portée de la queue, et elle appuyait le ventre contre celui de son baiseur. Le dépucelage ne se poursuivait que lentement ; tous deux ne cessaient d'échanger des langues, Jean endormant de son mieux l'appréhension qui pouvait naître chez Reine, afin de lui éviter toute souffrance, quoique avec sa queue peu volumineuse malgré tout, il jugeât bien que l'opération ne lui causerait pas grande douleur.

Reine s'échauffait de plus en plus ; elle comprenait les ménagements dont elle était l'objet, et elle en profitait pour bien connaître l'homme dans le spécimen qui la déflorait. Elle étouffa un petit cri, la queue trouait le faible obstacle de nature et franchissait la première barricade du vagin.

— Enfonce d'un seul coup, dit-elle les dents serrées, ça ne me fait pas mal, et je sens déjà que tout vibre dans mon corps.

Jean s'empressa d'accéder à ce désir ; un coup de reins introduisit sa queue dans le vagin ; pendant un court moment Reine savoura son dépucelage et murmura :

— Ah, je ne suis plus une fillette !

— Tu es mon épouse !

— Tu m'aimeras encore après ?

— Tout le temps que tu le voudras toi-même !

— Oh ! alors, tant que je resterai à la pension !

Étrange langage pour deux amants chevauchant les premiers assauts d'amour !

L'action s'engageait ; la queue remplissait son office ; elle allait et venait, se gonflant de sperme, et le conin ne la laissait plus s'échapper pour que la jouissance pénétrât bien le vagin.

— Si j'allais avoir un enfant ! observa Reine.

— Tu n'as rien à redouter, répliqua Jean. Quoique homme, je suis trop faible d'organes pour engendrer.

Elle n'y pensa plus ; elle répondait aux secousses qui l'agitaient, elle pressait jean dans ses bras, elle lui abandonna ses lèvres qu'il suçait, ses fesses qu'il pelotait avec passion, il bandait plus fortement, la décharge survint, elle serra les cuisses, jetées autour de la taille pour mieux le retenir, il jouissait, jouissait, elle lui baisait les yeux, elle reprit :

— Ah, ah, ah, moi aussi, ah, ça y est, ah, ah, jean, mon époux, et dire que je ne suis qu'une petite élève, alors que tu es la terrible directrice, ah, que je suis heureuse !

— Ton époux, ton amant !

Ils ne se séparaient pas, il avait encore un restant de force, il entendait l'épuiser, elle ne demandait pas mieux, ils ne connaissaient plus rien du monde, le dieu Cupidon les protégeait, rien ne surgissait pour les déranger, elle gardait dans son vagin sa queue un peu diminuée, elle dit :

— Mauricette a-t-elle été plus facile à dépuceler ?

— Que cherches-tu là ? Mauricette ! J'ai mis plus de temps pour me décider. Tu m'as troublé dès le premier soir.

— Où tu fus si méchant, et où j'avalai la lettre d'Alexandra !

— D'Alexandra, que tu as giflée ! Pourquoi ? Tu ne l'as pas avoué.

— Parce qu'elle voulait me le faire et que je ne le voulais plus.

— Oh, ma petite chérie, supprime ces débauches ; tiens-t'en à nos rapports ; il y aurait sans cela du danger pour toi et pour moi.

— Tu vois que j'ai commencé.

— Et pour tes classes, tes études, j'espère que tu te comporteras encore mieux.

— Je te le promets. Je m'appliquerai de plus en plus, et je travaillerai tant, tant, que tu ne te repentiras pas de m'avoir choisie comme épouse.

Il retira brusquement la queue du conin ; elle bandouillait ; il fit tourner Reine, afin de lui lécher les fesses.

— Oui, oui, dit-elle, lèche-moi bien, bien, ça te remettra en train, et nous continuerons tout le jour.

Tout le jour ! Elle ne doutait de rien ! Et du reste Jean Sticker non plus.

Le cul de Reine devant son visage, il le fourrageait de la langue, multipliait les feuilles de rose, et ne le quittait qu'à regret pour envoyer une caresse au conin. Il nourrissait une réelle passion pour cette enfant, il la suçait maintenant sur les reins, sur les épaules, puis sur les seins, et il se retrouva en posture pour l'enconner de nouveau. Elle répondit vite à la queue heurtant ses petites lèvres, elle-même la dirigea, et elle entra dare-dare dans le vagin, tandis qu'elle murmurait :

— Encore, encore !

Le dépucelage s'exécutait en conscience, elle se sentait ressusciter sous l'étreinte de son amant ! Elle avait la conscience de la fièvre qu'elle inspirait, et elle bénissait la perversité qui lui fit adopter la tenue vicieuse de sa petite personne, tenue grâce à laquelle elle conquit ses compagnes, sa sous-maîtresse, et à présent Jean Sticker, la directrice. Ah, il la manœuvrait avec une ardeur qu'il ne connut jamais ! Gertrie, malgré ses complaisances, ne se montra pas la femme voluptueuse qu'exigeait sa nature si anormale, elle sut répondre aux besoins impérieux du sang, elle ne provoquait pas le retour des désirs ; elle attendait qu'ils se manifestassent. Quant à Mauricette, elle fut plutôt la sujette que la dominatrice ; si elle afficha des attitudes plus aguichantes, elle ne sortit pas de la limite d'une bonne petite personne, qui se prête surtout par vanité ou par crainte, et qui conserve la note moyenne de tant de femmes, ignorantes du pouvoir de leurs charmes. Avec Reine, cela changeait du tout au tout. Jean le saisit à l'indomptable ténacité que l'enfant apporta à lui disputer la lettre d'Alexandra. Il reçut là ce petit coup de foudre qui brise les volontés et les caractères. Cette fillette, enfermée dans ses cuisses, au milieu de la lutte poursuivie, accusait sous ses regards des chairs fulgurantes, des formes fines et délicates, ne demandant qu'à atteindre leur divine perfection, il ne put résister à l'entraînement extraordinaire qu'il subissait, et il fallut la naïveté de cette vicieuse pour ne pas comprendre à ce moment même la présence d'un homme et non d'une femme. Mais, le mal, envahissant les sens, avait gangrené le cour et l'esprit de la directrice ; elle retardait le départ de Mauricette dans le souci de lui donner une remplaçante, Reine conquerrait la place, elle serait sa maîtresse. En vain elle résolut de reporter à la quinzième année le dépucelage de la fillette et de se contenter des pollutions extérieures. Elle avait succombé pour l'enculage, elle devait succomber pour le rapt de la virginité. Et Reine n'était plus pucelle. Une seconde fois, le baptême de l'amour venait de mouiller son vagin, elle fermait les yeux sous l'extase de son amant se communiquant à ses sens, leurs lèvres s'unirent dans une longue caresse, et jean, d'une voix mourante, dit :

— Il faut nous arrêter, il faut nous habiller.

Elle comprit cette nécessité de terminer ces joies folles, pour mieux se disposer à les revivre, et elle obéit.

Elle s'habillait, ainsi que Jean s'apprêtant à redevenir Miss Sticker, elle le menaça du doigt, lorsqu'elle fut en pantalon, et murmura :

— Je respecterai toujours Miss Sticker, mais je pense bien que Jean Sticker se souviendra que je suis son épouse.

— Il t'aimera, jusqu'à te lasser.

— Ne craignez pas cela, je serai toujours prête pour la chose, Miss Sticker.

7

Le tourbillon de luxure emportait Reine, et dans ce tourbillon, comme des grains de poussière, couraient les espérances et les désirs de toutes celles qu'elle débaucha. Les événements se précipitaient en quelques jours, alors que d'habitude ils ont besoin de mois et d'années pour secouer les individus. En quelques heures, Reine s'était élevée au-dessus du rang d'une simple pensionnaire, pour devenir l'épouse concubine de la terrible Miss Sticker. Elle se devait de veiller à ce que rien ne transpirât, et elle se résigna à observer une certaine réserve dans son dévergondage habituel. Tout au plus si durant les récréations, de nouveau l'inséparable d'Alexandra, avec qui elle paraissait causer d'études, elle consentait parfois à s'en séparer pour la laisser aller gamahucher quelque grande, ou pour rejoindre elle-même à la salle de conférences, soit Ellen, soit Eva. Il n'était un secret pour aucune des vicieuses de l'Institution qu'Alexandra gougnottait Reine, plus que celle-ci ne la gougnottait, aucune ne cherchait à deviner la cause de la réserve affichée par la Française, et de l'encouragement qu'elle donnait à Alexandra pour la remplacer dans les goûts qu'elle afficha. Miss Grégor, effrayée des menaces de la directrice, se bornait aussi à de simples et rapides tête-à-tête avec son ancienne petite passion, et accordait toutes ses préférences à Alexandra.

Alexandra ! Toutes et toutes à Alexandra, tel semblait le

mot d'ordre des perverses de la maison et, pendant ce temps, la petite Française, dont les relations secrètes se multipliaient avec jean, se féminisait de façon miraculeuse, dépassait son âge comme formation physique et apparaissait jeune fille, alors qu'elle se classait encore parmi les fillettes ! Jeune fille ! Reine était femme, bien femme ; son conin, très travaillé par la queue un peu plus forte de son amant, répartissait dans sa personne la bonne semence qui crée les beautés et ce ne fut pas sans un grand chagrin que les vacances de fin d'année séparèrent les deux amants !

Ah ! que Reine avait fait du chemin depuis celles de l'année précédente, où elle guettait avec une si vive impatience les occasions d'aborder miss Mary !

Table des matières

www.grandsclassiques.com

ISBN ebook : 9782512007807
ISBN papier : 9782512009009
Dépôt légal : D/2018/12603/68

Couverture : © Hélène Massart

Conception numérique : Primento, le partenaire numérique
des éditeurs

9 782512 009009